之⑥富貴風險

目錄

第一章

休憩靈魂的港灣

男兒有淚不輕彈，他沒有說出來，不代表他的心裏沒有壓力、沒有痛苦。
而女人的懷抱，是男人休憩靈魂的港灣；
女人的溫柔，正是男人渲泄焦慮、撫慰傷口的靈藥。
張勝的腦海裏已經沒有別的感覺，悲與喜、榮與辱、生與死，
統統拋諸腦後，這一刻只有無盡的快感，在那重巒疊嶂的桃源盡頭。
他整個人都在燃燒，像火炬一般，製造著無盡的快感與甘美。

在張勝的愛撫下，鍾情滿臉紅暈，一雙手隨著他的手，似欲阻止，終卻是輕輕按在他的手上，隨著他的手移動，一具完美的玉體款款呈現出來。

雪白的身子，裹在雪白的睡衣裹，睡在雪白的床單上，真分不出哪一樣的顏色更白。只是外層裹邊的那一層白柔和了些，柔和的那層白裹邊裹著的那團白又透著瑩潤，看起來就像白紙上放了一團雪，雪團裹又裹了一塊玉，豔光四射，晶瑩剔透。

張勝望著鍾情異樣妖豔的胴體，柔媚可人的神態，癡迷如在夢中。

上一次急於佔有她的身心，這一次，他想好好地欣賞一番這個尤物。

一直以來，他都以為年輕的少女身體是最美的，可是現在看著呈入眼簾的妖豔胴體，他知道他錯了，成熟女人的身體比年輕稚嫩的女孩更多了一種風韻——那種一直以來，只能從遐想中理解，卻不能言傳的被稱為風韻的東西。

那是經歷了從少女到少婦洗禮之後的美麗，如果少女的美是蓓蕾，少婦的美就是綻放。在這一刻，鍾情把那種美麗，完美的毫無保留的展現在他的眼前。

張勝目光逡巡，手在她跌宕起伏的胴體上隨之起伏，一時也不能確定自己的目光凝聚在哪裏，是飽滿圓潤的乳房、平坦柔軟的小腹，還是那玉手遮掩下的神秘豐腴之處。

「小情，你好美……」

鍾情比他歲數要大，但是在男人心裏鍾愛的女人，都是一樣的，一樣珍惜如瑰寶。

「真的？好美有多美？」

心上人的讚美，是最好的春藥，是最甜的蜜糖，還是最醇的美酒，鍾情有些暈陶陶的。

好美有多美，張勝也說不清楚。

不知道讓人見了恨不得揉碎了、壓扁了，活生生吞下肚去，偏又不捨得衝上去蹂躪佔有的女人的身體，算是一種到底有多美的美麗。

張勝的手滑到了她嫩如膩脂的大腿內側，喃喃地說：「有多美呢？如果讓我就這樣看著，我願意看一輩子。」

鍾情低低的呢喃：「那我……就這樣讓你看一輩子！」

她的聲音低得近乎沙啞，帶著一股致命的誘惑。

張勝的舌毫不費力地頂開了她的貝齒，迎接他的是香滑柔軟的雀舌。兩張臉貼得如此緊密，張勝雖然睜著眼，卻看不清她的模樣，只感覺秀髮遮掩下是一片光滑粉膩，清涼如玉。

鍾情從鼻子裏「嗯嗯」地呻吟，閉著一對美麗的眼睛。張勝不理解為什麼女人做愛的時候大多數時間都閉著眼睛，但是現在他知道了。很快的，他也閉上了眼睛，閉上眼睛能更細緻的品嘗每一絲快樂。

他能感覺到身下的鍾情與之應和的每一個舉動，她全身上下，彷彿每一寸肌肉都在動，都在撫摸，都在擠壓，同時也都在索取。張勝用力馳騁著，沒有一絲保留，他渲泄著的，不止是對鍾情的感激和愛，還有他在外面所承受的重重打擊。

男兒有淚不輕彈，他沒有說出來，不代表他的心裏沒有壓力、沒有痛苦。而女人的懷抱，是男人休憩靈魂的港灣；女人的溫柔，正是男人渲泄焦慮、撫慰傷口的靈藥。

張勝的腦海裏已經沒有別的感覺，悲與喜、榮與辱、生與死，統統拋諸腦後，這一刻只有無盡的快感，在那重巒疊嶂的桃源盡頭。他整個人都在燃燒，像火炬一般，製造著無盡的快感與甘美。

「啊～～」一聲膩人的嬌呼嬌喘似的呻吟出來，鍾情的身子突然僵住，然後全身的肌肉迅速繃緊，她失魂地囈語著，痙攣像一陣衝擊波似的從她下體向四肢百骸傳去，那裏著張勝的地方劇烈地收縮起來，一下子讓張勝燃燒成了灰燼，張勝也像她一樣痙攣起來……

兩個人都不動了，四肢放軟，只在靈魂深處體會著一波波洶湧澎湃的悸動。

許久許久，張勝回了神，鍾情茫然的雙眼也恢復了焦距，她的臉色潮紅，如同抹了淡淡的胭脂。

「情兒，你真美。」

「有多美？」鍾情再問，還是那個問題。

「要多美有多美。」這一回，張勝答出了他的感覺。

「勝子……」

「嗯？」

「你真棒！」

張勝低沉地笑，笑發自胸腔，帶著她的身子一齊起伏：「有多棒？」

「要多棒有多棒！」

張勝又笑：「你呀，真是迷人的妖精，這輩子有了你，我就知足了。」

燈關了，臨近中秋，月明如水。

「勝子，明天你去哪兒？回父母那兒住嗎？」

「不，弟弟一家人正住在那兒，不過我會回去看看他們，然後我去玫瑰路住，明天下午我先去證券所看看。」

「你……可以住在這兒的，在這兒我能照顧你，自己住外邊，每天都是在外面隨便吃點兒東西，長此以往……身體要緊呀。」

「住在這兒，我每天往返城裏，也是個麻煩。再說，你畢竟是公司老總，縱然不怕人言風語，被職工客戶們背後議論，終究於你不利。」張勝低笑：「你想我了，可以來玫瑰街看我，我方便的時候，也會來這裏看你，住得並不遠呀，怎麼？這就不捨得了，小別勝新婚嘛，咱們每週小別三五天怎麼樣？」

「啪」，肩頭又是一記脆響。

「啪」，張勝還以顏色，豐臀上一記輕拍，臀波蕩漾，惹她一聲嬌呼。

張勝一早回家，見了父母家人，然後去律師事務所諮詢股份轉移的相關事宜。下午他又去當初開戶的那家證券交易所，帳戶裏一查，果然他的蜀長紅還在，而且連年送股之下已經翻了幾倍。文哥說過這支股後勁不足，他深信不疑，直接掛市價賣掉，這時帳面已有四十多萬元。

一萬元三年變四十萬，張勝看著帳上一長串數字，頭一次感受到了證券市場點鐵成金的巨大魔力。在這裏，一個勝利者最重要的不是他的資本有多雄厚，而是他的智慧有多高明。以小搏大，以一點制全局，以弱勝強，完成社會財富的再分配。這裏，才是名利狩獵場的終極擂台，你可以一夜成名，躍然成為人上人，也可以一夕敗北，變得一文不名。

臨淵羨魚，不如退而結網。現在，張勝就站在股海邊上，準備編織屬於他的一張網，然後揚帆啟航了。

過了兩天，到底拗不過鍾情，給他轉了一筆錢進來。水產批發市場剛開業沒多久，加上張勝頭一年大讓利，租利不多。所賺的錢為了營救他出獄，上下打點又花了許多，在不影響企業發展的基礎上，所餘僅六十多萬全部轉了過來。

加上賣蜀長紅的錢，一共一百多萬，這筆錢夠進大戶室了。張勝堅持與鍾情說定，鍾情的這筆錢算是合作炒股的，賺了錢要按比例分成，他還鄭重其事地寫下了紙條。不管兩人的關係有多親密，男人的自尊必須要守。

在此期間，張勝辦完了股份轉移相關手續的準備工作，他還沒告訴律師要把股份轉給誰。他想過了，文哥是在押犯，不可能轉到他的名下，他帶了些好煙好茶，去見了文哥，想先問問他的意見。

經過幾天的時間，文哥已經平靜下來，他對張勝說：「這件事，若說你作假，也不那麼容易，你若壓根兒就想吞沒這筆錢，也不會去見他了。你既來了，也就表明了你的誠意。那天驟聞消息，我有點失態，你別放在心上。」

張勝有愧於心，忙道：「文哥，這事是我辦得不夠周詳，我……」

文哥一擺手打斷他的話，說：「算了，已經過去了，提又何用？我那錢見不得光，不能報警，沒有警方之助，咱們是找不回來。」

張勝摸出一疊文件，說：「文哥，我的股份轉移文件已經都帶來了，能給你的，我先給你。你看，挪到誰的名下？」

文哥苦笑一聲，說：「勝子，你的股份是沒法挪到我名下的，真過到我名下，恐怕立即就被國家沒收了，我的帳戶、我家人的帳戶全被凍結著，甚至和我關係密切者的全部銀行帳戶都在國家密切監控之下，你別異想天開了。」

「文哥，我也想把股份換成現款，恐怕唯有如此，才能真的落到你的家人手中。可是……要轉賣股份，先得尋找合適的買家，這就不是三兩日辦得下來的了，再者，如果所付非人，還影響朋友的生意，所以……」

文哥笑笑：「你不用說了，我明白。先放在你名下吧，你肯交給我，只要我能拿得到，早晚也是我的；你不肯交給我，就算我現在是自由之身，也沒法從你名下奪過來，就當……你替我經營保管著吧。」

他目光一閃，轉移話題道：「你以後打算做些什麼？」

張勝說道：「正要跟你說呢，文哥，我打算玩玩股票，在您那兒學了點東西，我想到這一行裏去試試身手。如果能成功，也許這是我還債的最好手段了。」

文哥拍了拍他的肩膀，笑了笑沒再說話。他的目中泛著異樣的神采，張勝看出有異，卻讀不明白它的含意。

「老岳，你那路子根本行不通，開什麼國際玩笑。國情不同，你不能拿美國人當例子，要做真正的價值投資太玄了，你不但不賺錢，還得賠錢。」

張勝在劉經理的陪同下進了大戶室，只見裏邊人聲鼎沸，一格一格的通透室小辦公間，每人的桌上都擺著一台電腦、電話和報紙、書刊等東西，兩個對面而坐的中年人正叼著煙在那兒閒聊，大家都伸著脖子看熱鬧，沒人注意張勝的進入。

「你就說吧，這要是二戰時，你在美國買一百股啥啥股票，投資五百美金，到現在市值得多少？幾百萬、幾千萬！價值投資？是，的確是，可你要是當時在咱們上海灘也買一百股啥啥績優股，傳子傳孫的傳到現在，恐怕那幾張黃紙只有在二手古玩市場才有點兒價值。」

眾人聽他說得風趣，哈哈大笑起來。

劉經理笑著說：「這兩位是咱們大戶室兩位宗師，號稱華山劍氣二宗。說話的那個是老封，講究指標圖形、數波浪觀K線，一把直尺走天下，是技術派代表；老岳，是價值派領袖，推崇價值投資，做估值看報表，三分業績定乾坤。他們兩個的觀點向來是針鋒相對。」

張勝失笑道：「呵呵，真是巧，他們的姓氏偏也能配上。我是新來的，以後得多向他們請教呀。」

這時，老岳反唇相譏起來：「我這價值論走的是長線投資，長線是金，你懂嗎？老封？短期之內，你看不出成效，三年五年下來，就叫你拍馬難及。你這種看著圖形上躥下跳的，每天都忙活，也就賺點小錢，一個浪頭下來，那就折戟沉沙。」

「岳哥說得是。」一個頭頂半禿的男人顯然是價值投資論的擁護者，站出來表示支持了：「你們劍宗招數雖然精妙，甚至不乏絕招秘笈，終究先天不足，最終難逃式微宿命。我們氣宗可不同，雖無速成之法，卻是穩打穩紮。抱元守一，大巧若拙，修煉的時間慢一點兒，效果出來得也不那麼快，但一致大成，那你老封是望塵莫及了。真說起勝算，還是我們大一些哦。」

價值論與技術論的優缺點和運用之法，張勝在獄中時，文哥也曾向他傳授過，這時聽了二人的爭論，張勝向劉經理笑問道：「劉總，這劍氣二宗，你覺得哪一派有道理呀？」

劉總是條老狐狸，哪肯隨意陷進這些人戶間的爭執，他打個哈哈，說：「劍宗氣宗，我可不知道誰有理，不過呀……我不瞞你，我個人來說，是喜歡劍宗高手啊。要不然，大家都抱元守一去了，一支股練兩年，我們開證券所的怎麼辦？喝西北風去呀？哈哈哈，所以，還是老封的『獨孤九劍』來得爽快啊。」

張勝也笑了，這時，身後一個溫雅悅耳的女人聲音說：「請讓一下。」

兩邊都是小辦公間，中間的過道很窄，張勝和劉經理站在這兒一堵，後邊的人就過不去了。兩人聽了忙左右一閃，淺淺幽香沁人心脾，一個穿著乳白色休閒衫褲的高挑女子從他們中間翩然而過。

這女子二十二三歲，身段窈窕、戴著金絲邊眼鏡，大眼柳眉，眼鏡絲毫沒有影響了她的麗色，反增幾份知性的美。她上身是乳白色的真絲小翻領女衫，琵琶扣盤得雅致古樸，瀟瀟灑灑，娉娉婷婷。

張勝閃身扭頭時，只瞥見她鼻樑高高，臉蛋兒白皙光滑如同蛋清兒一般，下一刻，便只能看到她堆鴉般的一頭秀髮了。

屋子裏正在高談闊論的人一見了這女子，立即收了聲，有幾個還站了起來，客氣地跟她打招呼：「溫小姐來啦。」

張勝看著那女人款款而行的高挑背影，在盡頭一個辦公間落座，便隨口笑問道：「劉總，看大家反應，這位女士也是一方豪傑吧？」

「噓。」劉總豎了豎食指：「那是溫雅小姐，剛來沒兩天，別惹她，劍氣二宗都不敢惹她呢。」

張勝好奇心起，問道：「什麼人呀，這麼了得？」

劉總胖臉一抽，嘿嘿笑道：「她呀，那是黑木崖上的大小姐，魔教的聖姑，脾氣可不好，總之……得罪不起就是了。」

張勝愣了愣，失笑道：「我又不是令狐沖，我惹她幹什麼呀！」

「各位，各位，我給大家介紹一下，」劉經理笑容可掬地拍拍手，然後一指張勝：「新來的大戶，張勝，以後和大家一齊發財，大家認識一下。」

張勝笑笑，做了個羅圈揖：「各位前輩好，小弟是股海新丁，以後還請多多關照。」

大戶室裏響起零零星星的掌聲，氣宗掌門老岳說道：「看到沒有，前天溫雅小姐進駐咱們這個證交部，昨天來了小戲，今天又來了張勝老弟，這就是個徵兆，春江水暖鴨先知啊，股市從一九九六年末一瀉千里，跌得是綿綿不絕啊，咱們這個大戶室送走了多少戰友了？現在新兵不斷，我看，股市企穩回暖，為期不遠了。」

劍宗的老封立即潑冷水：「不見得呀，三月證券投資基金啟動，同月降息，六月降印花稅，七月再次降息，結果如何呢？八月，受亞洲金融危機影響，九個交易日股市大跌百分之二十，緊接著又是一場大洪水，天災人禍不斷啊。大家要是聽我的，得號準了脈，今年也就是資產重組股有戲，找點題材股打打短差吧，依我看，大盤遠未到底。」

劉經理無奈地笑笑，對張勝說：「這兩個股瘋，一談起股票來就旁若無人。來，我先帶你到座位去。用不了兩天和大家就熟悉了。」

說著，他把張勝往回帶，走到一進門的地方，指著一個玻璃隔斷的辦公台說：「這兒就是你的辦公桌。電腦、電話都齊了，要是複印個材料，打個熱水啥的，就跟小菲說。」

他說著，指指門口椅子上坐著的一個女孩，那女孩連忙站起來，靦腆一笑：「經理。」

這女孩二十出頭，穿一身藍黑色職業西裝，裏邊是黑白道的襯衫，繫一條斜紋領帶，個頭兒勻稱、短髮齊耳，透著精神。一張瓜子臉上有幾個淺淺的青春痘，不過眉眼很清秀。

「小菲啊，這是咱們這兒新來的大戶，有什麼事你照應一下。」劉經理又對小菲道。

「哎。」小菲答應一聲，向張勝客氣地一笑，一張臉蛋雖只清秀，談不上甚美，可那雙眼睛異常靈動，倒是顧盼生輝。

張勝也笑笑，向她欠身自我介紹：「你好，我叫張勝。」

「你好，我叫洛菲，是大戶室的服務人員。」洛菲也笑。

劉經理道：「小菲被招聘進來沒幾天，不過人挺機靈，幹活兒也勤快。你剛來，有啥不熟悉的問問她就好，我先下去了。」

劉經理下了樓，張勝把包放在桌上，開始打量自己的工作環境。工作台收拾得挺乾淨，右手邊因為挨著牆，沒有屏風隔斷，因此坐在門口的洛菲等於被他的工作間半包圍在其中。

工作台玻璃板下壓著一張前任使用者的全家福，壁板上貼著幾張表格，電腦關著，旁邊一部紅色電話機。

這個證券部只有一二樓，沒有中戶室，實際上所謂的大戶室是中戶大戶全集中在一塊兒的。儘管所有的辦公間全是由毛玻璃屏風隔斷開的半開放式工作間，不過從門口往裏去，大約六十多間小工作間，是按資產的多少排布的。

越往裏去，擁有的資產越多，待遇也就越好。比如說張勝的工作間電腦就比最裏邊的差了不止一個檔次，座椅和工作台也不同。張勝的是硬座黑色皮革的帶滑輪小椅子，中間十來間大戶工作間卻是黑色大班椅，最裏邊的椅子寬闊舒適得就像沙發。

張勝看著，心裏覺得很有趣，他忽然覺得這兒就像他蹲過的看守所，也是分頭鋪二鋪和小弟的。不同的是，這裏純粹是按資金的多少來排資論輩。

「你好，我來幫你吧。」洛菲看張勝有點手足無措的樣子，微微一笑湊了過來。

「嘀……」一聲響，電腦啟動了。

洛菲彎著腰，貼著他的肩膀拿著滑鼠指點著，她的身上有股淡淡清爽的香皂味兒。

「你看，這是乾龍看盤軟體，用滑鼠按功能表上的委託按鈕，可以調出交易系統。」

洛菲先簡單地給他講解了一下軟體的操作，她的語速很快，動作也很麻利，張勝努力地記、努力地看，眼睛看得眼花繚亂，腦子記得一場糊塗，吃不消地道：「停停停，哦……謝謝你，小菲，我自己先看看，如果有不明白的，我再向你請教。」

洛菲微微一笑，說：「好，按這裏，可以調閱幫助說明，你可以看一下。」

然後她便退開，回到在門口的座位上。

張勝首先學習起軟體的操作來，耳邊不時聽到大戶們的高談闊論，此時股票市場波瀾不驚，死氣沉沉，很多大戶早就停止了交易，每天無所事事，就是閒聊。

張勝學習了一個多小時的軟體使用，不時向洛菲請教一下，已經漸漸有了點心得。電腦這東西是頭一回用，看久了有點頭昏腦漲，他便坐直了身子，靠在椅背上歇息，同時聽著大家聊天。

這些閒談都是與股票有關的，裏邊未嘗沒有許多道理。

「喝點水麼？」因為兩人靠得最近，門口的洛菲放下證券報問道。

「哦，謝謝。」張勝四下看看，苦笑道：「頭一天來，我忘了帶杯子。」

洛菲一笑：「沒關係，我給你拿個紙杯吧。」

她取了個紙杯，又從牆邊桌子抽屜裏取出茶葉放上，然後拿起暖瓶灌上了水。

「你們說，政府會不會再次出台救市措施啊？這麼陰跌，鬧心啊！」有人大聲說。因為辦公桌都隔斷著，張勝沒有看到是誰說話。

「我看難啊，怕是沒啥有力措施。」有人有氣無力地說。

「也不然吧，今年香港股市暴跌百分之三十，中央不就立即和香港成立贏富基金，投入鉅資，買下國際金融大鱷索羅斯等投機家拋售的所有股票，讓他鎩羽而歸嗎？內地股市也沉寂了一年有餘了，該動動了。」

頭一個說話的人不服，話題漸漸扯到了索羅斯和兩個月前香港的「世紀豪賭」上。只是他們所瞭解的資料都是從報刊雜誌上拼湊的一些片斷，說得並不清楚，有時兩個人說出來的情況還彼此矛盾，不免又引起一陣爭吵。

張勝正注意地聽著，一個清朗斯文略帶點兒南方口音的聲音說話了：「索羅斯香港之敗，非戰之罪，而是他事先千想萬想，就是沒想到香港政府從不干涉股市……等他後期發現巨量資金護盤後，又心存僥倖，以致深陷其中，這才鎩羽而歸。」

「準確地說，這場『世紀豪賭』始於八月十四日。當日香港股市被索羅斯等人砸至六千五百點，創五年來新低後，港府突然出手，動用外匯基金和土地基金同時進入股票市場和恒生指數期貨市場大舉吸納，當天恒生指數大舉反彈，升幅達百分之八。

「十五日十六日休市，十七日全球股市暴跌，當天恰好是抗日戰爭勝利日，香港休市，逃過了一劫。十八日美國股市回升，日元企穩，亞洲各地股市全面反彈，外部環境極好，當天港府沒有出手，索羅斯等人也在觀察動向，大市終盤僅微跌十四點。」

「十九日港府外匯基金繼續入市，大挾淡倉，指數攀升四百一十二點；二十日港府買盤稍有收斂，升一百二十點；廿一日港府不再出手，窺探對方虛實，八大外資不甘失敗，聯手出動進行反擊，期指尾市狂瀉二百點。廿四號，港府再度出手，大市急升三百一十八點。」

「雙方至此交手各有勝負，對於對方到底還有多大實力，可說彼此都還沒有眉目。廿六日離恒指期貨的結算日期還有兩天，雙方已鏖戰八天，港府主動示弱引敵出動，當天下午三點撤銷所有股票現貨和期指買盤，主動沽空恒指期貨，外資炒家大喜，判斷政府可用資金已經告訖，遂跟風追沽，兩分鐘內恒生指數便暴跌一百六十點，恒指期貨下跌近三百點。」

「這時，港府已摸清對方實力驚人，但仍決心全力一戰，於收市前突然傾資入市，大量買進股票和期貨合約，將股指和期指頂了回去。」

「廿七日，大決戰開始了。十點一開盤，國際炒家的賣盤就如排山倒海一般撲來，港府方面不甘示弱，大舉入市接貨。十五分鐘內，成交額即達十九億港元。收市前十五分鐘，成交額高達八十二億港元！僅香港電訊這一支股票，十分鐘內國際炒家就砸出了一個億的賣盤，港府全部吃下。」

這個人聲音清晰，說的整個過程言簡意賅，但是一字一句都充滿殺伐之氣，聽的人不期然便會想像得出當時雙方惡戰的場面何等壯觀，一時大戶室內鴉雀無聲，就連一向喜歡抖嘴的劍氣二宗都一字不發，靜靜地聽他講述。

那人頓了一頓，又說：「廿八日，是恒指期貨的結算日，對雙方來說，勝敗榮辱在此一舉！恒指期貨的結算價格為這一天每五分鐘恒生指數報價的平均值，因此，港府要抬高結算價，就必須保證恒生指數全天走勢平穩。要達此目的，非傾其所有，死保死守不可。」

「這一天，全香港人都在關注這一戰。十點開盤，雙方立即投入全部兵力，以『滙豐控股』和『香港電訊』為主戰場，展開大激戰。炒家傾其所有全部拋出，港府則水來土掩，全部吃下，五分鐘內成交額高達三十億！」

「與此同時，港府在三十三支恒指成分股上全部設下巨額買盤全線防守。中午收市前，索羅斯突然拉來一支援軍，大量歐洲基金入市，殺氣沖天。不過……現如今港府也不是獨木擎天，誰的孩子挨打大人不心疼啊？」

大家心領神會，響起一片笑聲。

那人又道：「下午開市，炒家拋盤滾滾，港府全線死守，每分鐘至少有三億元的股票易手。買的人不知道賣的人還有多少貨，賣的人不知道買的人還有多少錢，此時的搏鬥已經沒有技巧可言，完全就是一種賭博。至於這場豪賭的結果，大家當然已經知道了。」

這人說得平淡，那股血腥之氣卻盡人皆聞，大家聽得悠然神往，半天沒人說話。

張勝聽那聲音就來自他的對面桌，兩人中間只隔著一條毛玻璃屏風，便站起來向那邊看了一眼，那兒坐著一個二十八九歲的年輕人，臉色微黑，身材瘦削，看臉型也很像典型的南方人。他戴著一副眼鏡，手裏捏著一根紅藍鉛筆，看見張勝向他望來，禮貌地向他點點頭。

「你好！」張勝敬佩地道，「想不到你能把這麼多時間和數字記得清清楚楚，實在佩服。我姓張，張勝，剛剛涉足股市，以後還請多多指教。」

那青年笑嘻嘻地站了起來，跟他握了握手：「不用客氣，我只比你早來一天。鄙姓嚴，嚴鋒，大家以後相處的時間長著呢。」

世上沒有白吃的午餐

男人對女人說「吃」字，通常都代表著另一層意思。

洛菲的臉蛋騰起了一層紅暈，她哼了一聲說：

「狗咬呂洞賓，不識好人心呢，

知道為啥大家對溫小姐都又敬又怕嗎？溫小姐有背景呢。

她一個人帳戶上的資金就抵得上這個大戶室裏十幾位大戶的總和。

她有門路知道很多莊家的內幕消息，

要是和她攀上交情，隨便透露點消息給你，那你就發了。」

張勝笑笑：「世上沒有白吃的午餐，我倒想攀上一棵大樹呢，

不過……我不想一輩子當一棵藤。」

一個上午，張勝漸漸熟悉了這裏的環境和氛圍，只不過對股票他的知識仍然有限，主要是由於實戰的具體操作有限，那種感覺，就像《飛狐外傳》裏得了胡家刀法總綱的那個山賊，肚裏有數，卻不得施展之法。所以別人討論些什麼，他只聽只想，一時還插不上嘴。

下午，他買了個杯子和愛喝的龍井，以及一些證券理論知識的書籍，此外還有一本Win98的操作指導叢書和乾龍軟體的使用詳細說明。

張勝在清理東西的時候，再次看到桌下壓著的那張全家福照片，便抽出來仔細端詳了一番。照片上是個微微發福的中年人，抱著女兒和妻子並肩站在雪後的松樹下微笑的一張照片。沃雪皚皚，夫妻兩人都穿著裘皮大衣，顯見家境很是富裕。

「小菲啊，這張照片是原來用這張辦公台那人的吧？」

洛菲探頭看看，爽快地笑：「嗯哪。」

她一笑，露出兩顆雪白的兔牙，很是可愛：「這人叫王寶和，聽說以前很厲害呢，他做股票順手的時候，曾經四個月翻了六倍，人稱短線王。」

張勝一聽聳然動容，這種財產迅速翻倍的故事，只怕也只有在證券市場才聽得到了。他問道：「這個短線王人呢？」

洛菲聳聳肩，眨眨眼說：「走了呀。」

張勝有些失望，他還想結識一下這個能人呢：「走了？去了別的證券所？」

洛菲「噗哧」一笑，然後趕緊捂住了嘴，一對烏溜溜的大眼睛左右看了看，然後忍住笑，小聲地說：「不是呀，聽說他兩周前炒作失誤，五天的工夫就爆倉了，輸得溜光，所以……只好走啦，連本帶利，全虧光啦！」

張勝：「……」

工作台收拾妥當後，張勝把那張全家福又重新壓在了桌下。它的主人走的時候都沒有把它帶走，可見當時是如何失魂落魄。張勝沒有把照片扔掉，他想，這照片也許可以啟示他，尤其在他得意忘形的時候。

打開杯子，放入茶葉，沏了一杯開水，茶葉在水中舒展，熟悉的清香漸漸溢出。張勝出神地看著那水杯中翠綠的葉子上下翻騰，他的生活從今天開始完全踏進了一個全新的世界。坐在那兒看了會兒盤，大盤死氣沉沉，看來他選擇入市的時機的確不是時候。張勝沒有急著選擇一支股票入市，他需要觀察，觀察整個大市，在目前這樣的氛圍下，能逆市賺錢的只有題材股，而且所冒風險不小，不是他這種新手玩得起的。

看了會兒盤，他的手機響起來。

「喂？」手機裏傳出柔柔的聲音：「勝子，都安頓下來了？」

是鍾情的電話，張勝心裏一甜，聲音放低了些：「嗯，安頓好了，我正在熟悉環境和操作軟體。」

「哦，這幾天你一定很忙，想你了……」

「傻瓜……」張勝的聲音也柔了下來，然後低低地笑：「昨晚是誰大聲討饒的，這才離開半天，又想了，還沒餵飽你？」

「呸！」鍾情沒好氣地啐了一口：「沒點兒正經的，人家只是想你嘛。」

「嘿嘿，我剛進入新環境，還有點兒手足無措，等我熟悉兩天，我去，還是你來？」

「都行呀。你來，我給你做好吃的。我去呢，你請我吃好吃的，呵呵。」

鍾情笑起來，張勝心裏一熱，鬼鬼祟祟地拿著電話，小聲說：「好啊，你來我往，我往你來，來來往往，你吃我呀我吃你……」

「呸呸呸，悶騷男人，不理你了，我掛了喔。」

鍾情收了線，張勝呵呵笑著合上手機，一抬頭正看見洛菲那個小丫頭坐在門口，雙手放在膝上，修長白皙的手指蘭花般地蹺著，那雙靈動的眼睛瞟著張勝，嘴角似笑非笑很有趣的樣子。一見他看，嘴角一抽一抽的好像在忍著笑。

張勝大窘，幸好這時一個身高八尺、腰圍也是八尺的胖子喊道：「小菲，幫我複印一份資料。」

「哎！」洛菲答應一聲，跳起來跑了過去。

張勝這才長長出了口氣：「我的天，怎麼把她忘了，在這兒蹲著哪裏還有隱私可言啊，我應該往裏挪挪。」

他伸著脖子看了看裏邊很多空著的工作間，心裏哼了一聲：「等我有錢了再說！」

拿著電話，他忽然想及了久未聯繫的手機妹妹，現在還真有點想她，自己的心事也想向她傾訴一番。他再次撥通了手機妹妹的手機，仍然是關機。以前手機妹妹從家裏給他打過電話，可惜那是很久以前了，在他另一部手機上，後來用自己的手機進行聯繫後，那部手機已經處理掉了，也沒留號碼。

張勝沉吟一下，又想起在看守所向那個女警官承諾，一旦出獄，會請她吃頓飯，還她一個人情，可惜她的姓名和聯繫方式都沒留下，有心打個電話查查市刑警隊的號碼，想了想還是作罷。

這時，房間盡頭一個文雅的女人聲音說：「小菲，給我倒杯開水。」

沒有人回答，那女人又叫了一聲：「小菲，給我倒點水。」

張勝扭頭看看，小菲幫剛才那胖子出門複印材料去了。洛菲這丫頭沒少關照他，投桃報李吧，張勝這樣一想，便起身提起暖瓶，向大戶室最裏端走去。

張勝提著暖瓶走到盡頭，見一身休閒白裳的溫雅小姐開著股票走勢畫面，手裏卻握著一卷雜誌，頭也不抬，正在看著一篇小說。

「小姐，你要的水。」

「嗯，倒上……咦？」溫小姐詫然抬頭。

張勝笑了笑：「小菲出去幫人複印了，我就幫你拿了過來。」

溫小姐露出一副和氣的笑容：「謝謝，我自己來吧。」

張勝看到貼牆放著一台飲水機，想是壞了還沒及時修，所以大家都是打水喝。看溫小姐嬌嬌怯怯的樣子，張勝提壺在手，怎好再遞到她手中，便道：「算了，我給你沏上吧。」

他給溫小姐沖上一杯水，嗅了嗅茶葉的味道，笑道：「雨前龍井，原來溫小姐也好喝茶。呵呵，現在年輕的女孩子大多喜歡喝咖啡，喝茶的可不多了。」

溫小姐笑了，一雙明眸流轉，莞爾道：「瞧你這話說的，一副老氣橫秋的模樣，你比我大麼？」

張勝笑道：「我今年二十七歲，不比你大嗎？」

「二十七歲？呵呵，我們同歲呀，我也二十七歲。」

「不是吧！」張勝吃了一驚，「我看你才長得年輕，要不是過於斯文，顯得成熟了些，光看你的相貌，也就二十出頭吧。」

溫小姐一笑，開心了許多：「好啦，別逗我開心了，說起來我還比你大呢。」

她挽著秀髮，得意一笑：「我生日大，和我同歲的人還沒幾個比得過我。」

她還沒說完，張勝就忍不住笑了起來。溫小姐見他笑得古怪，忍不住問道：「有什麼好笑？」

張勝不答反問：「說吧，你生日哪天？」

溫小姐眼中露出有趣的笑意，說道：「正月十五！」

「嘿嘿，區區不才在下我，正月初一！」

「真的假的？」

「要不要看身分證？」

兩個人互相看了看，一齊大笑起來。

溫小姐背對的一個大戶聽見了二人的對話，笑道：「你們兩個還真有緣。溫小姐好好提攜一下這位兄弟，以後他做初一，你做十五，雄霸深滬兩市，不亦樂乎？」

其他人也哈哈地笑了起來，有人陰陽怪氣地道：「想不到送水也能送出這種緣分來，早知如此，我就搶著去送了。」

「君住大戶頭，我住大戶尾，思君不見君，共飲一壺水……」

其他人又笑，溫小姐蹙了蹙眉，微現慍意，顯然稍帶一點曖昧的玩笑她都很是不悅，若不是張勝還站在面前，只怕那張俏臉更是沉若秋水了。

張勝看在眼裏，向她笑笑：「溫小姐，你忙著，我回去了。」

說完便走回了自己的座位，他回去的時候，洛菲已經回來了，兩個人之間發生的事她都看在眼裏，她先向張勝道：「謝謝你啦，張哥。」然後笑嘻嘻地悄聲問：「喂，溫小姐漂不漂亮？」

張勝想了想說：「嗯，漂亮，非常漂亮，不過……她的氣質過於高傲，讓人見了有種想退避三舍的感覺，不太好接近。」

洛菲古靈精怪的眸光一閃，竊笑道：「高傲不好嗎？征服高傲而美麗的女孩，應該是每個男人的夢想吧？」

張勝好笑地看了她一眼，佯嗔道：「小丫頭，要做教唆犯呀？我要是惹惱了魔教的聖姑，被她餵下『三屍腦神丹』，獸性大發起來，一口便把你吃掉。」

男人對女人說「吃」字，通常都代表著另一層意思。洛菲的臉蛋騰起了一層紅暈，她哼了一聲說：「狗咬呂洞賓，不識好人心呢，知道為啥大家對溫小姐都又敬又怕嗎？溫小姐有背景呢。她一個人帳戶上的資金就抵得上這個大戶室裏十幾位大戶的總和。她有門路知道很多莊家的內幕消息，要是和她攀上交情，隨便透露點消息給你，那你就發了。」

張勝笑笑：「世上沒有白吃的午餐，我倒想攀上一棵大樹呢，不過……我不想一輩子當一棵藤。」

洛菲聽了，抿了抿嘴唇，不知是想笑，還是不以為然，總之，神情有點古怪。

「各位各位，我寫了首詞，各位評鑒一下哈。」一個頭頂半禿的男人站起來，手裏拿著一張紙，抑揚頓挫地念起來：「綠竹巷幽情堪濃，纖指擢君意。戲話蒼顏君不棄，已是夜半潤邊嬌羞一世情。難念青梅竹馬深，卻話懂彼心。琴簫相和天地遠，只願廣袤江湖攜手一生行。」

這詞有綠竹巷的名兒，顯然寫的是《笑傲江湖》的任盈盈，影射的自然是溫雅小姐。張勝冷眼旁觀，非常好笑，他看得出來，這些人其實平常在找各種機會，利用各種方式引起溫小姐的注意，除了她本人是個極妙的美人兒外，顯然方才洛菲透露的她的身分才是重點。

那個禿頂吟完了詞，得意洋洋左顧右盼，倒也博得一片稀落的掌聲，只是令他失望的是，卻沒得到溫大小姐贊許的笑臉，他只好靦臉問道：「溫小姐，你看我這詞寫得如何？」

溫小姐剛來兩天，便博了個魔教聖姑的名號，這綽號她是隱約聽說過的，自然知道這禿頭是為了討好她。她淡淡一笑道：「還不錯，只是詞講究的是一詠一歎的韻味，你這詞的長短句讀起來有點氣促，少了些韻味。」

那禿頭一見美人搭話，頓時眉飛色舞，忙道：「請溫小姐指教。」

溫小姐想了想，隨口吟道：「綠竹巷，幽徑長，纖手如玉，淨琴為君張。弦挑流水洗客愁，眉間心上，千千結丁香。露沾衣，古寺涼，莫弃清簫，此聲最斷腸。黑木崖上誰成王？笑傲江湖，何妨共子狂？」

「好！」禿頭連連鼓掌，其他人自然訣聲一片，聽起來還真像楊蓮亭整治之下的馬屁黑木崖。不過溫小姐隨口吟出的這詞在意境上的確比禿頭的要高明得多，連張勝聽了也不禁頻頻點頭，暗自讚歎溫小姐的文思敏捷。

老岳陰陽怪氣地道：「股市這麼個跌法，諸位還真有閒心苦中作樂呢。要說這任盈盈啊，換作是我，絕不娶她，這女人太強勢了，哪個男人娶了她，都被管得死死的。有這麼一個老婆，那是天堂還是地獄，就很難說了。」

老封嘿嘿笑道：「說得是啊，這種高傲的女人，視天下男子都是臭男人，那種高傲與生俱來，有這麼個老婆，那可真是英雄氣短。對了，咱們溫小姐身分、相貌都是一等一的，就拿溫小姐來說，誰要是娶了這麼了得的夫人，人前人後的不矮一頭？溫小姐，你說是吧？」

「這兩個人和溫雅有點兒不對盤。」張勝一旁看著，暗暗看出幾分。

溫雅笑了笑，輕描淡寫地道：「我相信達爾文主義，物競天擇，適者生存。這個道理我覺得可以延伸到各個領域，包括人類之間的男女關係。婚姻、愛情的穩定，很大程度上依賴於經濟地位，畢竟作為一個生命，生存及生存的品質才是第一需要。」

「古代怎麼啦？就是現代，優勢男人對女人還不是一樣多吃多占？包二奶，養情人，還有眾多娛樂場所裏供『優勢男人』消費的年輕『小姐』們，這就是現實，我早見怪不怪了。」

她冷哼一聲說：「從法律和道德上，這是不被允許的，不過從進化論和人類動物本性的立場來看，其實再正常不過。如今的社會畢竟是男人的社會，女性本能上就會嚮往優勢的男人，人往高處走，這是理所當然的選擇，並不需要指責她們有多勢利，人都是現實的，女人尤其如此。」

「法律不能強迫女人嫁給劣勢男人吧？那麼優勢男人自然就會多吃多占，一個巴掌拍不響，這是男女雙方共同的需要。」

「啪！啪啪！」老岳鼓掌，似笑非笑地說：「高見，高見啊。這麼說，溫小姐要是結了婚，一定不會介意老公在外面花天酒地了？」

溫雅不惱不怒，嫣然一笑，紅唇白牙地道：「不好意思，我是男性社會中的優勢女性。」

鄭璐和小璐對面而坐，幽幽地說：「我們都是女人，同病相憐的弱女子。唉！要不是家裏催得緊，我真不想倉促結束。三年來，這花店就是我的命根子，是支撐著我走下去的動力，如果當初沒有這個花店，我不知道自己有沒有勇氣活下去，如今真捨不得……」

「別這麼說，你該高興才對，我也替你高興呢，喬大哥雖說年紀大了點兒，但是人很憨厚，我想他以後一定會對你很好。相親怎麼了，相親的婚姻，不見得就不如自由戀愛穩固。」

小璐柔聲勸著，鄭璐聽了苦笑一聲，歎道：「你呀，我怎麼都還好說，至少我還有家，有父母在，現在又要回家和老喬成親，有自己的家了。你呢？你可是孤零零一個人吶，身邊還有個三歲大的孩子需要你照顧，唉，我真是愁得慌，你可怎麼辦呢？」

小璐聽了，輕輕咬住了下唇，勉強笑了笑，沒說話。

鄭璐說：「伊老太太是個大善人，如果她還活著，一定會收留你，可惜……她偏偏在這時候生病過世了，她的子女不想開什麼流浪動物救護中心，要把這處房產賣掉。我要回老家去了，留下你一個人，這個鋪子人家不會再租給你了，獨自再開花店你又沒有資金，可怎麼辦才好。」

小璐看看正在屋角坐著寫漢字的小雨，強自笑笑，安慰她說：「不要緊的，只要肯吃苦，怎麼不能活下去呢？你放心走吧，我會想到辦法的。」

鄭璐道：「你呀，怎麼這麼死心眼兒？柳大哥過世後，肇事車主不是賠了一筆撫恤金嘛，你可以用這筆錢另開個花店，賺了錢再給小雨存回去不就行了？」

「不行，」小璐斷然否決道，「那筆錢是小雨未來的生活費和教育基金，我一分一釐都不會動的。」

「唉，你這人，怎麼這麼死腦筋呢？小雨現在才上幼稚園，等到她上大學，那不知是猴年馬月的事了。這不是應急嘛，又不是佔用了不還，等過了這個關卡就給她存回去，有什麼不可以的？況且她的日常生活開支還不是你在付。」

「鄭姐，你不要再說了，這筆錢我不會動的。萬一我的花店賠了，那我不是害了小雨？」

「唉，我這不是為你犯愁嘛。對了，那個……他……不是挺有錢的嗎？雖說你們……已經黃了，不過你不是認了他的母親當乾媽？讓他幫你想想辦法多好，你拉扯著一個孩子，能行嗎？」

小璐垂下了眼簾，幽幽地道：「你讓我怎麼開口？他才從看守所出來，日子也未必就好過，聽說他的公司也被充公了，我求誰都行，就是沒辦法求他。況且他現在有了女朋友，我沒落魄到這份兒上時，還能見他，現在……我是都不想見他……」

鄭璐聽了有點出神，半晌才黯然道：「和我一樣，我和他分手後，為了治病，吃藥吃得人都變形了，從此就不願再見到他，寧可他只記得我以前的樣子。有一天我在街上遇到了他，為了躲他，我在一輛麵包車後面站了近半個小時……」

「小鄭，東西我都收拾好了，咱走吧。」老喬站在門口，背著一個大包袱，很憨厚地笑著說。

「小雨，認真寫喔，寫完這篇字，媽媽給你買棉花糖吃。」小璐說完，站起來振作了一下精神，說：「不用擔心我啦，我會想到辦法的，提前祝你們……新婚愉快。」

小璐笑笑，牽起鄭璐的手：「來，我送送你們。」

獨自回到花店，看著蕭條的一切和乖巧可愛的小雨，小璐愁上心頭：「迫在眉睫的是要活下去。一個女孩帶著一個小孩子，想找一份工作，談何容易？」

她遲疑良久，終於還是摸向了桌上的電話。

張勝正笑吟吟地看著大家尋開心，忽然手機響了，他接過來喂了一聲，臉色便稍稍變了。

抬頭瞅了一眼正說笑的人群，他起身向外走去，走到樓梯口，一手舉著電話，另一隻手緊張地到褲兜裏摸煙和打火機。

「小璐？你……你說，嗯，嗯嗯，是我，剛剛跟朋友在聊天，有點兒吵。」

「勝……哥，我的花店想要關了。」

「關花店，為什麼？」

「鄭姐找了男人，要回去成婚，我……一個人……」

小璐吞吞吐吐的，借錢的話卻怎麼也說不出口。

「鄭璐回老家成婚，花店就一定要關嗎？也許……她也要正式嫁人了吧，從此相夫教子……」張勝想到這兒，心裏有點兒發酸，曾經的情侶走到今天這一步，由不得不黯然神傷。他壓抑著感情的波動，說：「關了也好，那種小花店其實也賺不了多少錢，還挺辛苦。」

「嗯，呵呵……」小璐笑了幾聲。

張勝舉著電話，卻找不到可聊的話題，電話對面也靜了下來，小璐似乎也無話可說了。

過了半晌，張勝才道：「最近怎麼沒到家裏來，我媽挺想你的，有空到家裏來坐坐吧。」

「我……」

小璐剛說到這兒，電話裏傳出一個小女孩的聲音：「媽媽，我寫完了，我要吃棉花糖。」

「嗯，小雨乖，等媽媽打完電話好不好？」小璐溫柔地哄著她。

張勝的語氣冷淡下來：「你陪她去玩吧，電話有空再打。」

「嗯。那……以後再說。」

「好，以後再說！」

電話掛斷，張勝回到了大戶室，耳畔仍然聽著大家聊天說話的聲音，可是一直有些心思不屬。

「小璐為什麼突然打電話來，關了花店，是要嫁人了嗎？她……為什麼要跟我說，只是禮貌性地告訴我一聲，還是有什麼目的？」

張勝百思不得其解，終於拿起電話給小璐打回去，可是這回對面卻沒人接了，張勝正想再打一遍，忽地聽到一個熟悉的名字。

「小楊，跟著我進吧，我告訴你的準沒錯，這是我從長江證券一個大戶那兒淘弄來的內幕消息。」

「這人可靠？」

「當然，他叫徐海生，以前就炒股，不過還有別的產業，聽說現在集中全部資金專門炒股了，和幾個超級大戶組團炒股呢，嘿！我懷疑他就是這支股票的莊家，跟著坐回車，沒錯的。」

這個話題頓時吸引了張勝的全部注意力……

英國伯明罕市皇家骨科醫院，秦若男正緊張地聽著馬克醫生的介紹，她的英語不過關，主要依靠翻譯說明，不時她也會反問一些問題，許久之後，她才面帶憂鬱地走出醫生辦公室。

草坪上，秦若蘭坐著輪椅，正無聊地看著兩個金髮小男孩拍打皮球，瞧見姐姐走來，她立即轉動輪椅，迎向秦若男。

「姐姐……」

秦若男在她面前蹲下來，雙手按在她的腿上：「若蘭，我和醫生談過了，你的傷還是有希望的。」

「也許有吧，畢竟……這是全英最大的骨科醫院，如果他們沒辦法，那也沒人能創造奇蹟了。」秦若蘭淡淡一笑，握起了姐姐的手。姐姐的手放在她的腿上，她已全無知覺。

秦若男有些激動：「不是奇蹟，脊椎損傷得到治癒重新站起來的例子並不是沒有……」

秦若蘭打斷了她的安慰，俏皮地說：「是啊，每年因脊椎受傷倒下去的人至少有幾萬，能重新站起來的超過一百人呢。呵呵，姐姐，你別忘了，我是護士啊，你不用勸我了。該做的努力我會做的，希望我會是那個幸運兒。」

「秦小姐！」雷蒙和愛德華走過來，他只會簡單的漢語，一說長句又換成了英文：「很遺憾，我沒能照顧好令妹。」

秦若蘭為他翻譯過來，秦若男強露出笑臉，說：「雷蒙先生，您太客氣了。我妹妹比較任性，這件事你不需要擔負任何責任。這家醫院是英國最好的醫院，我和我的家人都認為把妹妹留在這裏治療最好，可我本人無法在這裏長期居留，我會在近期找一個護理。」

雷蒙聽了連連搖頭：「不不不不，秦小姐，令妹與我同遊時出了問題，這是我照顧不周。況且，除了應負的責任，我和令妹還是很要好的朋友，於情於理，我都應該做出一些幫助。若蘭小姐的傷勢，需要藥物治療和物理治療互相配合，醫院的環境未必是最適合的。」

「我正想和您商量，我想把令妹接到艾奇特島去，那是我們家族的封地，在島上我有一幢別墅。那裏風景非常優美，適合若蘭小姐療養。同時，我本人就是醫生，相信我可以比這裏的醫護人員更好地照料她。」

「這……」秦若男面有難色，她見雷蒙男爵態度誠摯，不便馬上拒絕，便道：「雷蒙先生，這件事……我想先和家人商議一番。」

她轉過頭，對秦若蘭說：「父親比較忙，這次沒有同來。不久之後，他會陪爺爺一起來看你。」

雷蒙男爵聳聳肩說：「好吧，我可以等你和你的家人商量的結果，不過為若蘭小姐著想，我希望你們能夠接受我的提議。由我來照顧她，對她的康復將有很大的幫助，而且，我的家鄉距這裏並不遠，想要複診或接受其他治療，來往也非常方便。」

秦若男伸出手和他握了握：「謝謝你，雷蒙先生，我會鄭重考慮您的建議的。我的探視假不太長，近幾日就要回國，我的父親來時，會帶來我們全家人的意見。」

愛德華俯下身，對秦若蘭說：「若蘭小姐，你是成年人，無論是誰，最該考慮的都應該是你的意見。好好考慮一下吧，希望你會答應，你是我們的好朋友，歡迎你來艾奇特島，那裏的天然溫泉不錯，我想……對你的恢復將有很大幫助！」

「我們從事的，是當下社會最熱門且最具挑戰性的職業。許多原本平凡的人，一夜之間就可能擁有讓大多數人一生都難望項背的財富；也有很多人，一夕之間便失去一生辛苦創下的家業，淪為貧民。貧富的概念在這裏需要重新定義，沒有絕對的富與絕對的貧。今日的贏家，可能就是明日的輸家，今日的輸家，可能就是明日的贏家。誰，才能屹立不倒？」

徐海生西裝革履，站在環形會議桌前，雙手按在如鏡的桌面上，雙眼徐徐環顧。待大家的目光都向他聚攏來後，忽然微微一笑：「索羅斯橫掃亞洲各國的事給了我很大的啟發，我特地研究了國外的私募基金組織，在美國股市，各種基金已經成為華爾街的主要原動力。發達國家已經走過的路，就是我們將來要走的路。所以，我考慮很久之後，想到一個問題。我們這些各自為戰的大戶可不可以抱起團來，組建中國的私募資金集團呢？」

他見大家聽得入神，便自我介紹道：「相信在座的諸位對我很熟悉，我炒股已經有很多年了，不過以前我還有其他的生意要做，在這裏投注的精力有限，所以主要是做中長線交易。」

「在股市裏這麼多年錘煉，有了點兒小小名氣，決心全力投入股市之後，承蒙劉軍、張宏、李士達幾位兄弟抬舉，成立了徐氏工作室，有近二十個大戶加盟，由我負責指導的資金加起來有八千多萬，三個月來，股市如此低迷，我們的收益率仍然達到了百分之四十五。」

「如果我們能夠彙集更多的資金，成立一家財務管理公司，那麼無論是資金量還是人脈關係，都會成倍地增強。這樣，在一級市場、二級市場，我們都能夠遊刃有餘，甚至自己來坐莊，操縱一些小盤股的股價，來獲取更大、更快、更安全的收益。呼風喚雨，我自稱雄，不知諸位意下如何？」

幾十位大戶竊竊私語，都沒有說話，那時候，中國幾乎還沒有私募資金的存在，在北方更是聞所未聞，把自己的錢交給別人控制，由其決定資金的進出、股票的買賣，他們有點兒難以想像。

這些人成分何等複雜，有混跡黑道的，有白道高官的親戚朋友、有多年經商的商海老油條，都是權力欲很強的人。對這些一方之雄來說，拱手交出權力，心理上有些難以接受。

徐海生見此情景，微微一笑，又拋出了一個誘餌：「不瞞諸位，我通過關係，認識了一個上市公司投資部的經理，他們近期剛剛募集到近三億元的資金。公司管理層想把這筆錢通過資本市場牟取較大的利潤，但是需要一個實力強大的合作夥伴。如果我們大家聯手，那麼我們就有實力接下這筆買賣，上市公司配合我們在二級市場的炒作，我想……你們都明白，那意味著什麼。」

這麼一說，大家聳然動容，這幾乎是穩賺不賠的一筆買賣，他們買進股票時，公司可以製造些負面新聞，幫助他們打壓股價，吃進股票之後把股價炒上去，可以再出台利好消息幫助他們出貨。這樣的好機會，又是在行情低迷的時候，還有比這更好的贏利機會嗎？

一個膚色微黑的中年人沉思片刻，問出了心中的困惑：「老徐，上市公司參與二級市場炒作，可是違法的。這麼幹，不會弄得雞飛蛋打一場空嗎？」

徐海生眉尖一挑，付以一笑：「日前管理層對上市公司的監管有很大的『空間』吶，你覺得上市公司和你我這些三山五嶽、黑白兩道的好漢們聯手，要『擺平』監管層的檢查，有多大難度？」

那個人沉默下來，聯手操縱牟取暴利，風險與利潤的對比，這份誘惑真的是難以抗拒。

過了片刻，又有一個大戶輕輕敲著桌面問道：「徐老闆，管理公司如果成立，要怎麼進行管理，由誰來做主？利益如何分配？你所說的與這家上市公司合作的計畫，雙方是否會簽訂書面的資產管理協定？」

徐海生滿臉堆笑，坐下來拿起一支香煙點了起來：「財務公司一旦成立，在座的諸位都是公司的高級管理人員，至於決策者，卻不是由他個人投入資金的多少來決定的，而是由我們公開投票選出的經理人來決定每一項投資。當然，大家可以向他提出建議和意見，還可以按照公司章程，在年終盤點全年業績之後，決定他是留任還是重新選出一位經理人。」

「至於利益的分配，百分之八十的淨利潤由大家按投資的多少比例來分配，剩下的百分之二十則屬於該基金的經理人員以及用來支付公司工作人員。當然，這只是一個粗略的打算，如果大家同意，我們再坐下來談公司成立的詳細條件。至於上市公司那面，呵呵……大家儘管放心，一定會有官方的、正式的合同的，不然……就算你們放心，那家公司也不放心啊。」

「呵呵……」那個大戶屈指敲著桌子，「咚咚咚」地響了一陣，忽然攤開手掌翻過來「啪」地一拍，斷然道：「好！我跟你幹了！」

「我也幹！」

「我也幹！」

隨之應聲而起的，有幾個與徐海生目光相對時，不經意地閃過一絲了然的笑意。

這時，徐海生的手機響起來，徐海生抓起電話，對正熱烈討論的大戶們禮貌地笑笑，說：「大家繼續討論一下，我接個電話。」

第三章

股市燒餅理論

張勝笑了笑，說：「炒股票其實就是要眼觀六路、耳聽八方，眼疾手快，盡力做那個低價買進燒餅，然後高價把它賣掉的人。從下周起，我就要去和別人搶燒餅買了，在這場擊鼓傳花的遊戲中，只要那個燒餅最後不是留在了我手裏，我就是大贏家。」

這裏是君王大廈第二十一層的會議室，走出來，迎面是天藍色的落地玻璃幕牆，站在這兒一眼望開去，彷彿是站在天上俯瞰人間的神祇。

君王大廈就是三年前徐海生介紹張勝認識張二蛋時，電視上宣傳過的由張二蛋投資興建的省首家五星級大酒店寶元大酒店及精品商城項目。當時計畫建造二十一層，建立一個集酒店、商務、休閒、娛樂、辦公、公寓等功能於一體的高檔商務辦公酒店。寶元倒了以後，被另一家民營大企業君王集團接手建設完成。

「喂，我是徐海生。」

「生哥，我今天休班。」

徐海生臉上笑容漸漸隱去，嗯了一聲道：「那不是很好？去醫院一趟，把胎打掉吧！」

「生哥……」

「怎麼？」徐海生的聲音更冷了。

「能不能……」

「嗯？」徐海生的聲音有些嚴厲起來。

「哦，你……陪我去好麼？」

「我正在開一個重要會議，走不開。」

徐海生見她答應了，語氣和緩下來，哄道：「乖，你自己去吧。然後到君王大廈一八一八號房來，好好休息兩天。我給你卡裏匯五萬塊錢，買點兒營養品。」

「嗯，那好吧。生哥，這兩天不要走開，陪陪我好麼？」

「好好好，不陪你還陪誰啊，我的小乖乖，親一個，快去吧。」

「嗯！」委屈地答應一聲，電話掛斷了。

徐海生收線，冷冷一笑：有了孩子，就有了掣肘。小女生只是他的一件玩具，他是不會和她們牽扯上感情和利益糾紛的。

一直以來，他喜歡成熟嫵媚的女孩，不過自從在日本認識了昔年女友的女兒矢野麗奈之後，他忽然迷上了年輕女孩的味道。也許，隨著他的年紀漸漸變大，下意識地開始垂涎起年輕女孩富有朝氣和活力的胴體，感情上，也開始想彌補年輕時的遺憾。

這個空姐，是他回國後結識的一個女孩，在她身上，依稀有昔日女友的那種美麗和清純，所以徐海生找上了她。但是無論如何，他已不是昔年的他，他也不相信這個年輕女孩對他會有真愛。還不是他用鈔票砸開腰帶的女子？

對自己買下來的東西，他一向強勢，而且絕不容許對自己有什麼威脅。

掛了電話，徐海生又給酒店服務台打了個電話，安排好一切，這才舉步向熱鬧非凡的會議室走去。

徐海生一進門，便笑吟吟地道：「我說，大傢伙兒討論得怎麼樣啦？」

「我覺得有戲，老徐，你就領著大夥兒幹吧，當咱們的帶頭大哥。」一個大戶說道。

「對，你老徐主事，我放心，你當咱們的帶頭大哥，我也入夥！」這個起哄的，就是方才與徐海生目光交接，暗含詭異的那幾個大戶之一。

徐海生一副莊重自強、寵辱不驚的表情，淡淡地吸了口煙，好像完全沒聽到這兩人的提議，轉首向其他人看去。

「我參加！」「我也參加！」大戶們紛紛表態。

「這些大戶加盟進來，我能控制的資金就超過了兩億，這些大戶就像一塊塊磁石，當他們抱成團的時候，磁鐵的吸力就會越來越大，很快，我將擁有自己的金融王國，成為站在那金字塔尖上的王！」徐海生想著，悠悠地再次吐出一口煙，煙霧繚繞著臉，他的笑容在煙霧中像蒙娜麗莎的微笑一般不可捉摸。

張勝對照著嚴鋒的筆記，正在格外用心地分析著證券時報的深滬股市個股全景圖。旁邊，嚴鋒吃著便當，不時指著走勢圖點撥兩句，張勝與自己的分析互一印證，頗有心得。

嚴鋒不吝把自己掌握的知識和買賣技巧告訴他，這令張勝很是感激。其實，那時的大戶室一般來說，除非是某個莊家的秘密操盤手或者知道內幕消息的老鼠倉，恪於約定不會向別人透露什麼，大多數大戶在發現某支有戲的股票時，都會扯著嗓子嚎上一聲，讓大家自己看，願意跟著買便動手，覺得不對不動手，那也是你的自由。

不管誰喊出一支股票，張勝總是加進自選股裏，然後認真分析它的走勢和基本面，在筆記本上記上他的判斷，從後期走勢來驗證他的判斷。經過一周多的模擬炒股和學習，他決定下周小試身手，現在正在認真選股。

嚴鋒是個好老師，而且也的確是個炒股高手，在他的指點之下，再與從文哥那兒學來的知識互相驗證，張勝對於股價的起伏動盪已經具備了一些敏銳的感覺。

「張哥，還看圖呢，我都眼暈，中午啦，快吃飯吧。」洛菲捧著便當口齒不清地說。

「嗯嗯。」張勝答應著，趴在K線圖上拿著紅藍鉛筆又是圈又是描，忙活了半天，才丟下鉛筆和報紙打開了便當。

莫看這大戶室裏都是身家百萬以上的大富翁，其實中午吃的都很簡單，很多人也就吃個十塊錢的便當，然後就聚到一塊兒打撲克，根本懶得下樓。

「喲呵，臘肉香腸燜米飯，挺香的呀，」張勝打開便當笑嘻嘻地說：「小菲，謝謝你呀，每天挑的便當。都挺合我意。」

「那當然，」洛菲眉梢一揚，得意洋洋，居然帶著幾分嫵媚：「北方人口味重嘛，就知道這臘肉香腸你能愛吃，呵呵。」

「你吃的什麼？」張勝探頭看了一眼，「麻婆豆腐啊，也不錯啊，挺可口的。」

「切，你那是十塊錢的便當好吧，我這是五塊錢的，好吃呀，要不要換換？」

張勝端著便當趕緊往回閃：「不換不換，嘿嘿，女孩吃肉會胖的。」

洛菲白了他一眼：「小氣鬼。喏，你吃點我的豆腐吧，我沒碰過哦，我食量小，吃不了。」說著，她端便當過來，讓張勝用剛剛拿起的免洗筷往飯盒裏撥菜。

張勝笑道：「對嘛，這麼做才深諳孫子兵法。將欲取之，必先予之。哈，你給我吃豆腐，我就給你吃香腸好啦。」

「噗！哈哈哈……」坐在旁邊的嚴鋒　口米飯噴在地上，然後便像患了癲癇似的渾身抽搐，屁股底下的座椅跟著吱吱嘎嘎一陣慘叫。

張勝愣了愣，突然回過味兒來，他也訕訕地有點不好意思。

轉睛偷偷一瞧，洛菲微黑的臉蛋上隱隱可見暈紅，目光中果然有些羞惱。

嚴鋒抽了陣瘋，便低著頭哆嗦，方才突然狂笑，有幾粒米飯嗆進了氣管，這時忍不住咳嗽起來。張勝見他咳得可憐，忙把自己的水杯遞給他，嚴鋒使勁灌了幾口，這才勻過氣來。

「嘿嘿，很發笑，是吧？」洛菲瞇著眼，齜著小白牙，笑得很危險。

嚴鋒支支吾吾地道：「剛突然想起一個笑話，哈哈，很好笑。」

「哦？什麼笑話，這麼好笑？」

嚴鋒躲不過去，遂道：「哦……是這樣，話說，有個新股民到了證券交易所，在門口買了一張證券報，這時有個人說：『嘿！你是新股民吧？』那人就愣了，說：『你怎麼知道？』那人就說了：『這講股票的報紙，除了發行日期是真的，其餘全是假的，老股民誰信吶？』哈哈哈哈……多好笑啊，哈哈哈哈……」

張勝和洛菲互相看看，誰也沒笑。

嚴鋒揪著一張包子臉問：「怎麼，不好笑嗎？」

「哈哈哈……」洛菲大笑三聲：「好笑！有什麼好笑。我有個關於股市的笑話，你要不要聽一聽？」

嚴鋒笑道：「好好好，你講，我們聽聽，我就不信能比我的笑話好聽。」

洛菲便道：「有一天，一隻壁虎剛剛爬出證券公司，這時一條大鱷魚搖頭擺尾地走了過來。看見小壁虎，大嘴一張就要把牠吃掉。小壁虎嚇得渾身發抖，情急之下，突然上前一把抱住了鱷魚的大腿，大喊一聲：『爺爺！』鱷魚一愣，當即老淚縱橫……」

張勝和嚴鋒正聽得入神，洛菲忽然一探身，重重地在嚴鋒肩膀上拍了一巴掌，老氣橫秋地說：「我的乖孫子啊，才炒股半個月就瘦成這德性啦？」

「哈哈哈哈……」洛菲說完，捧起便當就跑，帶著一路笑聲跑出了大戶室。

張勝愣了愣，看看嚴鋒一副土鱉樣，很不夠義氣地捧腹大笑起來：「哈哈哈……」

手機響起來，張勝打開手機，笑得猶自帶喘：「喂？」

「嗯，你今晚過來嗎？」聲音柔柔的，是鍾情的聲音。

張勝站起來往外走，後邊，嚴鋒意味深長地瞥了他一眼。

「天快冷了，我給你買了幾套換季的衣裳，不知道合不合適，晚上過來試試吧。」

「嗯，好啊，別再弄一桌子菜了，家常便飯就行。」

「知道啦，那我等你。少抽點兒煙，嗓子都有點兒啞了。」

張勝又笑咳了兩聲，嗯嗯地答應著。

「你看，這套衣服好看麼？」

鍾情又換上一套，在張勝面前款款地展示著身段。方才那套是休閒裝，現在這套是標準的ＯＬ裝，不過她的身材非常好，穿上這套衣服也性感嫵媚得很。

張勝看了看床頭放著的那幾套男式服裝，心裏有點兒好笑。自打吃完晚飯，鍾情就興致勃勃地在他面前展示著瘋狂購物取得的成果，首先當然是讓他當男模。張勝試了衣裳合適之後，鍾情就開始了時裝秀，目前為止，已經換了四套……

「唉，」張勝靠在床頭，懶洋洋地歎氣：「真是搞不懂，女人買很多漂亮衣服穿，就是為了吸引男人的目光，殊不知男人想看的，卻是不穿衣服的女人。」

「懂不懂情調呀你？」鍾情笑嗔。

「懂呀，看不如看不著嘛。呵呵，來，把睡衣脫掉，我看看你的內衣。」

鍾情嫵媚地挑了他一眼，嬌滴滴地道：「想看呀，那你自己來脫呀。」

說歸說，她還真不好意思讓張勝走過來替她寬衣，便湊到床邊懶洋洋地爬了上去。

「來。」張勝張開了手臂，鍾情便很自然地偎進了他的懷抱。

她的秀髮還帶著些濕潤，一半挽成圓形髮髻。從髮髻甩出一縷像馬尾似的拋到優雅雪白的頸後，前邊的劉海恰如其分地映托出完美的臉形，頸間還掛著一條水滴型翠玉墜的項鏈，映得肌膚嬌豔欲滴。

張勝柔聲說：「下周要忙一些了，怕是過不來。我準備入市試試身手，頭一次，成功與失敗，影響很大。我準備拿四分之一的資金先試著操作一下。現在大盤不好，個股的動盪便也不好捉摸，主要是印證自己學過的一些知識，所以要細心觀察、體會。」

「嗯！」鍾情仰起修長的頸子，枕在他的手臂裏，一隻手隔著睡衣輕輕搭在他的手上，臉頰染上嬌豔的桃紅，看上去格外地嬌媚。

「股票……這東西，我一點都不熟悉，幫不上你什麼忙。要不是還要顧著這公司，我便就近照顧你的起食飲居了。」

「像以前一樣？」

鍾情的眼底有水一樣的柔情：「以後也一樣。股票……到底是個什麼東西？風險有多大？」她輕輕地問。

張勝沉思了一下，說：「我從文哥那兒聽過一個故事，說的就是股票的實質，我可以說給你聽。」

「嗯！」鍾情翻了個身，一手托著香腮，趴在床上聽他說。

張勝的手輕輕摸挲著她柔潤的腿和豐盈的臀部，輕聲說：「比如說，現在有一個市場，市場裏有兩個人在賣燒餅，每人手裏有十個燒餅，每個成本一元，那麼他們的總資產一共是二十元。」

「一開始，沒有人來買，兩個生意人閑極無聊，就互相買賣。我花一元買你的燒餅，你也花一元買我的燒餅。然後我花二元買你的，你也花二元買我的，價格就這麼開始上升，不一會兒一個燒餅就漲到了五十元。」

「現在算算賬吧，他們手裏還是各有十個燒餅，誰也沒虧，誰也沒賺。但是從另一個角度上來說，他們賺了，因為現在一個燒餅的市價已經升到了五十元，他們的總資產已經變成了一千元，市值提高了，他們就是上市公司。」

「這時有過路的人經過，他知道一小時前一個燒餅才一元錢，而現在已經是五十元，所以很吃驚。又過了一小時，他發現燒餅漲到了一百元一個，更加吃驚。當燒餅漲到一百五十元的時候，他迫不及待地買了一個，因為投資也好、投機也好，總之他認為燒餅的價格還會漲，他會從中賺錢，於是，他成了股民。」

「等到燒餅漲到二百元一個的時候，賣燒餅的想賣得更高，買燒餅的想賺得更多。於是，市場上流傳說，燒餅將漲到一千元一個，而且有人專門以此為職業，每天站在市場上高喊將上漲到一千元，並編出一大堆理由，他呢，就是受雇於買賣燒餅的股評家。」

「很快的，有人一百五十元買了燒餅，三百元賣掉了，在賺錢效應示範下，於是有人在三百元買下來，等著漲到五百元再賣。就這樣，價格一直在漲。」

「但是最奇怪的是，直到目前為止，仍然沒有人賠錢。賣掉它的人自然是賺了，買了它的人也沒有賠，因為它還在上漲，按市價算，他也在賺錢，整個市場裏沒有一個人賠錢。這個時候，這二十個燒餅的市值已經是二萬元了，這就叫泡沫經濟。」

鍾情仔細地思索，輕輕地笑：「還真是這樣。」

張勝笑笑：「那麼什麼時候有人賠錢呢？比如物價部門突然跳出來說，燒餅只值一元錢，不允許這麼上漲，或者限制每天的漲幅，也就是證監會的監管打壓；又或者做燒餅的也就是上市公司為了賺錢，做了更多的燒餅，這就是擴融配股，盤子不斷變大；又或者賣西瓜的、賣帶魚的都開始玩起同樣的遊戲，也就是不斷批准新的公司上市發行股票，市場不斷擴容；再不然就是買賣燒餅的人突然發現燒餅其實不值錢，這叫價值回歸。這個時候就危險了，燒餅在誰的手裏，誰就是那個賠錢的人。」

他笑了笑，說：「所以，炒股票其實就是要眼觀六路、耳聽八方，眼疾手快，盡力做那個低價買進燒餅，然後高價把它賣掉的人。從下周起，我就要去和別人搶燒餅買了，在這場擊鼓傳花的遊戲中，只要那個燒餅最後不是留在了我手裏，我就是大贏家。」

張勝用所學的理論小心地用於實戰，一邊對自己的判斷加以驗證，一邊向身邊的大戶們請教，很快，他對市場的感覺越來越有把握了。

這天，他開市前翻看個股的靜態圖形時，發現一支個股走勢非常穩健，大鍋底剛剛翻上來，連拉三根小陽線後微挫整理兩天，昨日的K線是一根長下影十字星，有見底回升的意思，無論是從長線看還是從短線投機看，都值得一搏，便立即調出這支股票的公司資料，認真研究一番之後又仔細查看了這支股票的歷史走勢。

這支個股盤子不大，股性很活，至此，他的心中有了底兒。股性不活的個股，哪怕是藍籌績優，輕易也是碰不得的，光是業績好沒用，如果沒人去炒它，垃圾股漲上天，它也不會動的。

集合競價時，這支股票比昨日收盤價漲了五分錢，一開盤又漲了五分，張勝二話沒說，立即買進五萬股。隨後的二十分鐘，這支股票穩步攀升，張勝一看，立即加碼，按市價再加五萬股，然後抓起一根香煙便緊張地抽了起來。

四十五分鐘後，封漲停板，張勝心花怒放。上午便封漲停，意味著莊家的實力。此時，張勝手中還餘下一半的資金，要不要繼續加碼呢？看樣子，今天逮著大魚了，這支個股明顯是結束整理，開始了新一輪拉升，漲停板進風險也不大，尤其是他有低價搶進的十萬籌碼，再進十萬的話，他的均價比現價還低百分之三，相當安全。

「嘿！今天怎麼這麼專心，進場了？」

今天星期一，大家精神都很飽滿，洛菲看起來心情也很好，看著他的電腦笑嘻嘻地問。

張勝回頭看了她一眼，眉飛色舞地道：「開市大吉，逮著一支剛剛拉升的個股，我正想追加一些籌碼呢，你來看看，我要不要繼續追加。」

「你問我呀，呵呵，我可不懂股票，要是耽誤你賺錢了怎麼辦？」洛菲說著，還是認真看了看那支股票的走勢和成交量，然後問道：「你還剩多少資金？」

「還有一半。」張勝說著有些赧然，一百萬不算少了，但是他的資本在這大戶室裏顯然只是小魚小蝦。

「已經投入一半了呀？」洛菲側首想了想，說：「我可不懂哦，你要是問我，我覺得大盤弱勢之中，還是現金為王，別吃得太飽了。」

張勝想起文哥說過的一句話：「最戒一個貪字！」心中的熱切頓時淡了幾分，他冷靜地想了想，一拍大腿道：「好，你說不買，那便不買。」

洛菲吃驚地指著自己的鼻子道：「喂，真聽我的呀？早知道我不說了，我可是瞎說的呀，賺少了你別怨我。」

「嘿！」對面的嚴鋒站了起來，嬉皮笑臉地道：「你們開夫妻店吶？婦唱夫隨的，買的哪支股啊？」

洛菲頓時叉起腰，狠狠瞪向嚴鋒，張勝卻無心開玩笑，立即把股票代碼告訴了他。嚴鋒坐下，飛快地敲擊著鍵盤調出K線圖看了一陣，說道：「哦，選得還真不錯。兄弟，給你個建議，今天到此為止，明天再看，明天再漲，你再追！還有，注意設好止贏止損位。」

張勝一愣，今天就已經漲停了，如果明天開盤就漲，那時再追漲成本不是更高了麼？

對他疑惑的表情，嚴鋒只是微微一笑，沒有多做解釋。

張勝坐下來盯著那支股票，反覆觀看它近期的走勢，忽地豁然開朗。他懂了，嚴鋒說的追漲，並不是一般意義上的見漲就追。一支見底的股票，在漲勢形成初期，主力拉離成本區後，一定會有個反覆，清洗獲利盤和跟風盤，在這個過程中，他們還會考慮大盤的配合度，以及跟風資金的多少，計畫隨時會變，有可能按原計劃向上炒作，也不排除發現隱患及時身退的。

所以過早全倉追進，那麼漲勢一旦衰竭，就會變得很被動。莊家是掌控著這支個股的人，走勢由他來定，作為資金和資訊都處在劣勢的跟風者來說，與其看K線，看分析、看資料，就不如看趨勢。確定漲勢之後再跟進，看似成本提高了一些，但是追漲的風險卻比逢低即入還低了幾分。

簡單的一句話，對張勝的啟發甚大，簡直像是武俠小說裏形容的打通了任督二脈、天地二橋。股市裏，多一點逆向思維，你會發現一個比別人更深刻的世界。

第二天，這支個股繼續一路攀升，張勝終於確定了它的漲勢，立即將剩餘資金全部殺入，然後就是看著這支個股節節攀升了。他是剛來的大戶，加上資本較少，還沒有透支權，這裏資歷比較老、實力比較雄厚的大戶，都享有一比二到一比五不等的透支權。否則的話，他真想借錢繼續殺進去。

洛菲說「現金為王」，文哥說「炒股忌貪」，但是當你有機會在幾天之內讓資本翻幾番的時候，又有幾個人能克制心魔？何況張勝還是新手。

抄底還要能逃頂，才算真的贏。張勝心中雖然熱切，到底還沒忘了把這塊燒餅扔出去。這支個股連拉三天漲停，成交量不斷放大，第四天漲停不到十分鐘便打開了，在高位做盤整狀，張勝立即拋出五萬股，然後觀察著大盤和這支個股動靜，一點點地吐貨。收盤時這支股票以百分之二的微漲收盤，此時，張勝手中只剩下了五萬股。

第二天是週五，受休息日影響，個股普跌，那支個股逆勢飄紅了一陣，吸引了不少一直在注意它的跟風盤，而張勝也趁此機會把最後五萬股全部拋了出去。到收盤時止，這支個股跌了百分之四。

此時，張勝的資金已經接近一百三十萬，這僅僅是一周的收益。他興奮地打著電話，把這一切告訴了鍾情，然後對洛菲和嚴鋒兩個好朋友笑道：「哥們這周手氣順呀，小賺了一筆。嘿嘿，今晚我請你們倆腐敗去。」

嚴鋒哈哈笑道：「你呀，股市沒有常勝將軍，千萬不要得意忘形。我今晚不能去了，有點私事。你請小菲宵夜好了。」

「遺憾，遺憾。小菲，怎麼樣，跟家裏人請個假吧，我請你吃大餐。」

「不了，我又沒幫啥忙。」洛菲有點難為情，如果嚴鋒也去就罷了，現在只有她一個女孩子，接受一個男士的邀請去吃晚餐，難免惹人遐想。

旁邊隔斷的工作室裏，大戶洪胖子和小楊等幾個人正在說著：「看到沒有，本周金牛地產漲了百分之二十五，我就說嘛，長江證券的老徐相當有來頭。」

「我說，下周還能買嗎？」

「得了吧，它漲了是不假，可是還比不上小張選的那支股票呢，這周要是全賺下來，漲了百分之四十呢。」

洪胖子冷笑：「嘿嘿，可它週四不就開始洩氣了？你要真買下來，就能篤定及時脫身？金牛地產可不然，這支股票走得多穩健，不顯山不露水，如果不是我說，你們能注意到它嗎？每天都不多漲，每天都不跌，這支股票的莊家，所圖甚大啊！」

「徐海生！」張勝唇邊露出一絲冷笑，這個人就像一頭嗅覺靈敏的狼，什麼賺錢，他總能及時嗅到錢的氣味，然後惡狠狠地一頭撲上去。他現在居然也全力投入證券業了。曾經的恩怨，早晚有清算的一天……

「在想什麼？」洛菲慧黠的眼波一閃，向張勝問道。

張勝不再偷聽，呵呵一笑道：「沒什麼，我在想……晚上吃什麼，怎麼樣，嚴哥沒時間，那我不帶他，請你吃好吃的。」

「嘿嘿嘿嘿……」洪胖子趴在隔斷欄上，擠眉弄眼地向他笑：「小張，剛發了筆財，就起了花心啦？小菲啊，讓他請不如讓我請，怎麼樣，洪哥請你吃龍蝦，去不去呀？」

洛菲白了他一眼，把胸一挺，對張勝說：「好，今晚我跟你去吃大餐！」

「生哥……」一見徐海生走進來，唐小愛便迎上去。她穿著寬鬆的睡袍，帶著幾分慵懶的風情。打胎已經一周多了，她連休班帶休假，已經歇了一星期，下周就得上班了。

因為徐海生的狠心，此時見了他，唐小愛還是有幾分幽怨。

徐海生心情甚好，他在拉攏了幾個大戶之後，已經和金牛集團簽訂了資金管理協定，當然，與此同時他和該集團一位主要領導還簽訂了另外一份秘密協議。

之所以擴招那麼多大戶，甚至不惜放出消息去，是因為他有著更長遠的打算，不止要從金牛地產上狠賺一筆，而且還要藉此打響他的知名度，吸引更多的大戶投到他的旗下，建立他的金融王國。

這一周的運作很成功，而且正如他所預料，因為他大張旗鼓地把消息透露了出去，反而沒有人敢跟進了。不管是後聽到消息的人，還是原本就發現這支股票有行情的人，一聽到他的消息，都認為他是在拉人抬轎子。大戶們都是很狡猾的，他正是充分利用了大家的疑心。

其實一個多月以前，他和金牛公司剛一簽訂協約，金牛公司就發佈了一些利空消息，配合他向下打壓股價，使他撈到了許多低價籌碼，現在在拉升階段，巧妙地利用人們的疑心散佈消息，既阻止了跟風盤，清理了浮籌，又把他的名聲打響了，可謂一舉兩得。

下一步，就是由金牛公司發佈重組和兼併消息，配合他拉升出貨了。勝利在望，徐海生自然喜不自禁。

他在唐小愛臉蛋上摸了一把，攬著她柔軟的腰肢，笑嘻嘻地走向沙發，一屁股坐下，然後把她拉到自己腿上，親昵地道：「寶貝，身體休養得怎麼樣了？」

「沒什麼事了，生哥，人家下週一又要上班了，真想像現在這樣，天天陪著你。」

「哎，小別勝新婚嘛。咱們時不時地小別一下，豈不是天天似新婚？」

「才怪！」唐小愛嘟了嘟嘴，嬌嗔道：「生哥，你是不是還有別的女人，所以才不想我纏著你？」

徐海生淡淡一笑：「不要胡思亂想，有了你這樣的美人兒，我還能看得上誰呀？」

「那你……」唐小愛身子一軟，貼在他的身上，飽滿的胸部貼著他的肩膀，輕輕環住他的脖子，低聲道：「為什麼不讓人家給你生個孩子呢？你的老婆已經出國好多年了，她也不會回來了，人家又不要什麼名分，只盼著一直陪著你，再有個我們的小寶寶就滿足了，你卻……這麼狠心……」

徐海生眉頭一蹙，有些不耐煩：「你怎麼又來了，這種話題……」

他抬頭一瞥，見唐小愛眼淚欲滴，語氣便放溫柔了些：「寶貝，你才多大呀，今年剛剛二十一，就放棄工作，天天在家裏帶孩子，大好青春都浪費掉，當一個黃臉婆嗎？家庭生活很繁瑣，如果有了孩子就更繁瑣。再說，這小孩子沒名沒分，你說，對他公平嗎？」

他摟住小愛的腰肢，吮著她的耳垂，她的身上有種品流很高的香水味。

「就這樣陪著我不好嗎？你喜歡，我就要你一輩子，雖然沒有名分，你也是我最愛的女人。如果有一天你嫌我變成了老頭子，想離開我，那我就送你一份厚厚的嫁妝，把你當女兒一樣嫁……」

「討厭，人家就喜歡你，不許你胡說！」唐小愛大發嬌嗔，伸手堵住了他的嘴唇。

徐海生笑，呵呵地道：「好好好，不說，不說。喏，送給你的，漂亮嗎？」

他像變戲法兒似的，從口袋裏提出一條亮燦燦的鑽石項鏈。

「哇！」唐小愛驚歎，兩眼頓時充滿癡迷的光，亮亮的，像那鑽石一樣。

那是一條璀璨奪目的鉑金鑽石吊墜項鏈，高雅而又動人。鑽石的晶瑩璀璨和鉑金的自然純淨相得益彰，在徐海生的手上像鐘擺似的輕輕搖晃著，搖出一片迷離醉人的光。

徐海生見唐小愛一臉欣喜，微微一笑，說：「來，我給你戴上。」

唐小愛順從地轉過身，徐海生把項鏈戴在她的脖子上，璀璨的項鏈戴在頎長優雅如象牙似的脖頸上，勾勒出純淨和知性的氣質，點綴出清雅、靈慧的韻味。它的線條簡潔清朗，僅是胸前那麼一點，就像炎炎夏日中清涼的水珠，夏夜天幕裏晶瑩閃爍的星星，輕鬆地讓唐小愛鮮亮起來，光彩照人。

唐小愛跑到鏡前顧盼一番，像燕子似的翩然飛了回來，躍入徐海生的懷抱，昵聲道：「謝謝你，生哥，人家好愛你，我要一輩子陪著你！」

「好好好，那你就一輩子做我的小愛。」徐海生呵呵地笑，不過眼底卻沒有一點吃了迷湯的味道，反而有種深深的、隱隱的譏誚的笑意，冷冽如刀鋒。

手機響了，他輕輕推開唐小愛，拿起了電話：「喂？洪胖子，呵呵，有什麼事？」

「徐哥，您老真高啊，金牛地產這周真的漲了，嘿嘿，我上周告訴了幾個朋友，他們還不相信呢，現在都悔死啦。」

「哈哈，那是一定的，誰肯聽了一條虛無縹緲的消息，就把自己的錢投進去呀？所以我才不怕你說出去呢。只要信得過我徐海生的哥兒們沒吃虧，跟著賺點錢花就行了。你進了多少來著，哦……二十萬股是吧？哈哈，算一算，你該賺了幾十萬了，記得要請客。」

電話對面，洪胖子咧了咧嘴，有苦難言：別人固然不信，其實……他也沒進。

「是啊，徐哥，呵呵，您的記性真好，我是進了二十萬股。徐哥啊，你說下周行情會怎麼樣，我要不要繼續持有？」

「洪胖子，這上面的規矩你應該懂，這支股票準備炒到什麼價位，我是實在不能跟你說。呵呵，一個星期幾十萬，在這種弱市行情下，也不少啦，做股票不能貪啊，我看你下周找個機會出局得了。」

洪胖子聽得心癢難耐，陪著笑繼續問：「徐哥，你說誰怕錢多咬手啊是不？再說了，金牛地產的盤子是多大？我這二十萬股不過是九牛一毛，對莊家啥影響也沒有啊。您給兄弟交個底兒，讓兄弟我再多賺點兒唄，不瞞你說啊，這一年多了，賠得肉疼啊。」

「這個……」徐海生沉吟了一下，「這是一匹大黑馬，黑馬的漲幅一般有多大，你應該心裏有數。不過還有兩個月就過年了，運作週期不會太長，這個因素你也得考慮進去，然後嘛……下周你是脫手，還是繼續持有，那就看著辦吧。」

洪胖子聽得雲裏霧裏，只是猜著他是說這支股票還大有漲頭的意思，便激他道：「徐哥，你對兄弟就撂個底兒唄，到底能漲多久，漲多高啊？這周它漲了百分之十五，的確是不少了，不過我們這兒有個新來的叫張勝的小子，也不知道走了什麼狗屎運，抓了一頭大牛，一周賺了近百分之四十呀，有他比著，我就不捨得脫手了，哪有老師父敗給小徒弟的？」

「張勝？」徐海生一下子坐直了腰板。

打電話的工夫，唐小愛匆匆換上了一套優雅大方的晚禮服，對鏡自照，頻頻擺著Poss，從不同角度欣賞著那副珍貴的鑽石項鏈，越看越是歡喜，跑回來彎腰在徐海生的頰上親昵地一吻。

徐海生在她翹臀上拍了拍，示意有重要的事情要做，唐小愛便嘟著嘴坐到了一邊。徐海生拿起一根煙點上，瞇起眼道：「這人是新手？選股很準吶，你跟我說說，這小子是什麼來路……」

第四章

男人的成長背後

張勝每天都在研究K線，研究基本面、消息面，
相關報刊他是一定要看的，不看股評家的分析，
但是政府職能部門的一舉一動他都要看。
每晚新聞他是一定要看的，張勝知道，
那裏向你透露著無數的內幕消息。
男人的懦弱，需要另一個男人來救治；
男人的成長，需要一個強有力的對手來刺激。
張勝堅強成長的動力，就是徐海生！

「先來十個肉筋，十個肉串，兩條烤魚，一個烤羊排，兩杯啤酒。」

張勝對老闆喊完，對洛菲笑瞇瞇地道：「怎麼樣，香不香？」

燒烤爐子就搭在大路邊上，腳下放著一箱木炭，鐵架子裏炭火正旺。十月初，天氣有點冷了，燒烤師傅還光著膀子，露著一身肥肉，不時翻著肉串，灑著鹽巴、辣椒、孜然等調料。

燒烤店裏邊已經客滿，外邊支了幾張小方桌，兩人對面而坐，燒烤的煙氣不時繚繞而至，兩人如在雲霧之中。

洛菲嘴角抽搐了一下，似笑非笑地說：「這就是你說的大餐啊？」

「是啊，大飯店的菜，吃的就是一個排場，論味道，還得是小吃。呵呵，不是真正的朋友，我還不往這兒領呢，榮幸吧。」

洛菲一副被他打敗的表情：「是啊，真是……榮幸之至！」

張勝見狀，開心大笑。

請客的地點雖然大出洛菲所料，不過在這種地方吃東西倒真比大飯店愜意、放鬆、更有食欲，洛菲很快就體會到街邊小吃的優勢所在了。

一人一杯鮮涼的啤酒下肚，彼此的臉上都紅潤起來，暈乎乎的有了幾分酒意，話也多了起來。

烤得滋滋冒油的肉串，新鮮爽口的啤酒，真是天然的絕配。兩個人吃得心滿意足，算了賬之後，張勝對洛菲道：「好啦，今天吃得開心吧？我送你回去，然後也回家休息。」

洛菲一聽忙道：「不用了，這才七點多，天還亮著呢，我自己回家就成了。」

張勝道：「別客氣啦，哪有邀請女士出來吃飯，讓人家獨自回去的，來來，起來吧。」

「往哪兒走，要不要搭車？」張勝一路走一路問。

洛菲和他並肩走著，眼睛一閃一閃的，不知道在打什麼主意，好像有點兒慌亂：「不用搭車。哦……不算太遠，咱們走過去就成了。」

她一路東張西望、左顧右盼，忽然看見一個舞廳，洛菲眼珠一轉，雀躍道：「喂，時間還早，我們去跳舞吧。」

「啥……跳舞？」張勝有點遲疑，他已經跟鍾情打好招呼，今晚要過去住的，哪知道洛菲這丫頭不但要陪吃，還得陪跳，進了舞廳，怎麼不得兩個小時？鍾情怕要等急了。

抬頭看看，那間舞廳應該是什麼工廠的老俱樂部改的，外表很破舊，只在門口上方豎著一塊長長的牌子，上邊繪的是一群正在勁舞的少男少女。

張勝眉頭一蹙，說：「這家舞廳檔次太低了，還是別去了。」

洛菲答應張勝一齊吃晚飯，哪想他還扮起了紳士，執意要送她回家。她不想讓張勝知道她住在哪兒，這才絞盡腦汁地拖延時間，以使想出個辦法自己溜回去，所以哪管這舞廳什麼檔次。她不由分說，拉起張勝便走，笑顏逐開地道：「就是跳跳舞開開心嘛，管它什麼檔次呢。」

張勝無奈，只好隨她走去，花十塊錢買了兩張門票，走進了舞廳。

舞廳門口掛著厚門簾子，一掀開來只見鬼影重重，音樂並不激烈，節奏不算太快，只是燈光黯淡，在裏面起舞的人舞姿醜陋，儼然群魔亂舞。舞廳深處，越往裏越暗，幾乎形同黑暗，可是隱隱的，裏邊似乎也有許多人在扭動。

見此情景，洛菲也不禁皺了皺眉，不過張勝剛一向她看來，她便一副滿不在乎的表情笑道：「來呀，咱們跳舞。」

她隨意做了個舞蹈動作，張勝頓覺驚豔，這小丫頭，舞跳得不錯呀！

洛菲容貌清秀，只屬中上之姿，平時看來，只有一雙眼睛與眾不同，極為慧黠靈動。這時稍稍一展舞姿，如雲舒水卷、曼妙翩躚。那手那眼、那腰那腿，構成一種奇妙的韻律，竟是從骨子裏透著撓人心肝的性感。

「哇，你這一跳，我可不敢獻醜了！」張勝沒想到她的舞蹈如此出色，剛剛讚歎一聲，旁邊已經有幾個被洛菲漂亮的舞姿所吸引的男人湊了過來。

一個穿黑襯衫敞著懷的中年男人滿臉猥褻的淫笑，低低地問：「小妹，五十塊錢，到裏邊跳不？」

「裏邊？」洛菲往他示意的方向一瞅，正是黑燈區。裏邊人影綽綽，大多跳著貼面舞。搖晃的燈光偶爾照去，貼近亮燈區的一對對舞者摟得緊緊的，有個男人的手正插在舞伴的褲腰裏，另一對男女則做著更加猥褻的動作，至於更深處那些人是如何地不堪入目，可想而知。

洛菲一陣噁心，搖頭道：「對不起，我有舞伴。」

那人笑起來，瞅了張勝一眼，嘻嘻笑道：「就他？這小白臉啊，我說小妹，來咱康富舞廳的，誰不知道誰呀？行了，你別裝了，八十行不？」

洛菲氣得面孔有些漲紅，板著臉道：「說過了，我有舞伴。」

張勝此時已經明白這個破敗不堪的舞廳為啥生意如此紅火了，他對洛菲說：「行了，小菲，別跟他說了，咱們走吧。」

「哎，別走，他給多少，我都加二十！」在這裏混的女人不是年紀偏大，就是相貌一般、化著濃妝的妖精。那中年人難得在這兒遇到容貌姣好、身段窈窕、氣質還如此端莊的上班女郎，一見洛菲要走，立即扯住她的胳膊攔阻。

「放開！」張勝厲喝，打掉那人的胳膊。

洛菲也騰地一下火了，一雙柳眉刷地一下豎了起來。不遠處，有兩個跟著他們前後腳進來的年輕人快步向這裏靠近，洛菲扭頭，瞟了他們兩個一眼，兩人忽然頓住了步子。

「走！」張勝責任心很強，明明看出湊過來的幾個人是一夥的，但是洛菲是自己帶出來的，哪能讓這小姑娘被流氓欺負了？他立即扮起護花使者，拉著她往外便走。

「你他媽的，充什麼大尾巴狼，她男友啊？」一個小子勃然大怒，當胸一拳，張勝一直小心戒備著，急忙側了側身，一拳搗出，狠狠擊在那人左肋下的空檔。

他打人的手法是跟獄裏的老犯學的，握拳時拇指夾在食指和無名指之間，中指突出了棱形，打得又是要害，那人嗷地一聲叫，就蹲到地上去了。

「快走！」張勝一拉洛菲，拔腿就走，他知道，今天算是招惹下這幾個地痞了。

洛菲眸中閃過一絲刺激和興奮，順從地讓他牽起手。

女人也許不喜歡男人對她們暴力，卻喜歡看男人為了她們對其他的男人暴力。洛菲一邊跟著張勝跑，一邊還回頭瞟了一眼。

幾個流氓一見同伴被打，炸了鍋似的追了上來。

張勝拉著洛菲的手，逃到一座小公園的門口，兩人氣喘吁吁地停下來，彼此看看，一齊開心地笑起來。

「瞧你，非要跳什麼舞，差點出事吧？咳，你領口開了。」

洛菲低頭一看，剛才被張勝扯著跑得太急，西服裂開，襯衫崩開兩個扣子，露出裏邊白色的乳罩。好在這小丫頭身材瘦削，胸部也是玲瓏型的，要不然這一下可夠瞧的。

洛菲臉蛋兒微微一紅，連忙側身整理起來，臉上還得裝著若無其事的模樣。

張勝不好意思站在那兒，順手一摸褲兜，正好煙抽完了，便道：「我去買盒煙。」

張勝回來的時候，見洛菲站在那兒神情有點古怪，便問：「怎麼了？」

洛菲嗔道：「你帶我來的這是什麼地方啊，烏七八糟的。我在這只站了一會兒，就有個老頭兒跑來搭訕。」

她學著那老頭兒的表情、動作，擠眉弄眼地笑：「小妹兒，一個人逛街啊？」

張勝強壓住爆笑的衝動，說：「這句話沒啥問題啊，不就是一句客氣話麼？」

洛菲瞪起眼，恨恨地道：「少跟我裝純啦，你不懂才怪呢！」

張勝忍不住笑出聲來，邊笑邊勸：「別生氣了。這兒距舞廳不遠，我估計這一帶就是那種事的集結地。嘿嘿，可不是我有意帶你來這種地方啊，是你說你家住這兒附近，我才挑個就近的地方。怎麼，你在這兒住都不知道這裏有多亂？」

「我……平時下班就回家，怎麼會知道？」

「嘖嘖嘖，還真是乖乖女好啦，我送你回去吧，免得耽擱久了家裏擔心，往哪邊走？」

洛菲順手一指，兩個人便離開了小公園。到了一個胡同口，洛菲停住腳步，說：「好了，我家到了，就在那個社區裏。」

胡同往裏一走，就有個社區入口，路燈照得通明。張勝不放心，說：「這一帶有點亂，我送你到樓下吧。」

「別……」洛菲連忙阻止，「哦……我家裏……父母對我管教很嚴，如果被他們或鄰居看到，很麻煩的。」

她邊說邊摸出手機，說：「這兒挨著人道邊，治安還行。我這就打電話，讓我爸出來接我。」

張勝見狀不好再送，便道：「好，那你回去吧，我就站這兒看著，到了屋給我回個電話我再走。」

「咦？這男人還挺體貼細心的呢。」洛菲意外地瞟了他一眼，應了一聲，邊打電話邊向社區入口走去。

張勝站在路口等著，一會兒接到洛菲電話，說已經回了家，張勝這才放心地搭車去了橋西開發區。

第二天是週末，張勝上午回家看望家人，同時打電話給哨子，讓他聯繫李爾和李浩升，約他們晚上出來吃飯。哨子在電話裏猶豫了一下，還是答應了。

從看守所出來以後，張勝曾給李浩升去過電話，但卻一直提示該用戶不在服務區，一時沒找到哨子和李爾的電話，只好作罷。

隨即張勝因為替文哥辦事受挫，平白欠下一筆天債，一門心思考慮著如何重新站起來，一時沒顧上和他們再聯繫。這周股市初戰告捷，讓張勝多少找回了一點自信，看到一點希望的曙光，不由得想起先前的這幫朋友來。

雖說因為若蘭的事他們之間有些芥蒂，但是朋友交情仍在，張勝入獄後他們還來探望過，並給他存了一筆錢。患難見真情，於情於理，他都該好好答謝一下。

當晚，哨子和李爾應約而來，卻不見李浩升人影。張勝一問才知道，李浩升陪他姑父——也就是秦若蘭的父親去英國了，張勝一聽便知是去看秦若蘭。

男人的自尊，使他初時還強忍著不去問秦若蘭的近況，三巡酒一過，以酒遮羞，張勝便旁敲側擊地問了一下，哨子和李爾待他雖還一如既往地熱情，但一提起秦若蘭便三緘其口，沉默不言。

張勝心下悵然：彼此的友情終究還是有了裂痕，他們到底是不肯原諒自己與若蘭分手，迫她傷心出國遠遁的往事。

酒後離開飯店，張勝百無聊賴，搭了輛車想回玫瑰園，想了想卻說出了小璐的住址。若蘭已經出國了，彼此分手已成事實，她家境富裕，又有親友照顧，既然她在英國已經有了男友，也許自己淡出她的記憶，對她來說才是最幸福的事。而小璐卻一直是孤苦無依，她上次打來的電話細想想總透著些蹊蹺，今天回家母親還提起小璐好長時間沒來電話了，往她那裏打電話也不通，還是去看看她吧。

張勝驅車來到小璐的花店時，已經是晚上八點多了。和平廣場附近是城市居民夜生活的一個主要活動場所，街寬路平，路燈通明，可是他來到「愛唯一」花店門口時，卻發現花店已經關了門。

一開始他還以為是花店關門早，可是走到近處時才發現那塊「愛唯一」的招牌也不見了。張勝頓時緊張起來，他敲了半天門沒有反應，忙去旁邊的水果店詢問，一問才知道這套房產的主人伊老太太已經過世，她的子女把房屋收回準備賣掉，花店已經關門了，那位胖姑娘回了鄉下，另一個漂亮的女孩也離開好幾天了。

儘管早已與若蘭和小璐分手，但是今晚接連睹物思情，想起與她們之間的過往種種，張勝是一種什麼心緒，旁人無從知道。只是那一晚，張勝在「愛唯一」花店門口站了好久好久，留下一地煙頭……

金牛地產的股票果如徐海生所說，仍是不緊不慢穩步上升，每天在漲幅排行榜、交易量排行榜上都見不到它的名字，但是如果仔細觀察，會發現它每天都在穩穩地上升，一連三天，幾乎連下影線都看不到。

到第四天，洪胖子再也沉不住氣了，他紅著眼睛殺將進去，抄了八成倉，然後便使盡渾身解數，遊說大戶們一同炒作金牛。

大戶室的人們多多少少都買了些，本來嘛，這支個股走勢穩健，有消息、技術圖形也漂亮，風險相對小得多。不過張勝、嚴鋒和溫雅小姐對這支股票卻都沒有下手。

金牛仍在重複上周的走勢，下周開盤後仍然如是，每天小漲，節節攀升，這種走勢給了大家一顆定心丸，追漲的人越來越多，卻少有人見好就收、獲利出局的。這一周週四，金牛的走勢卻陡轉直下，尾盤砸了個跌停板，一下子把三天的漲幅全吞進去了。

週末，金牛再度走低，許多人都懵了，像洪胖子這樣有點內幕關係的，都忙不迭地打電話詢問。徐海生接了洪胖子的電話，他倒吃了一驚：「洪胖子，你在搞什麼鬼啊，我讓你上周初就見利出貨的，你怎麼還一直握在手裏？」

「上周初？上周初我還沒進呢！」這話洪胖子也只好在肚子裏嘀咕幾聲，他是有苦難言啊，只好支支吾吾地道：「徐哥，你看現在該怎麼辦呢？」

徐海生語重心長地教訓了他一番，然後拿出了自己的分析結果：「這支股票的莊家志在長遠，以前我這麼說，現在還是這麼說。不過，做長莊必然要有反覆，既然你一直沒有走，現在只有兩條路選：立即出貨，少賺走人，別尋黑馬；另一條路就是沉下氣來，隨他莊家折騰，我自巋然不動，拿它兩個月看看，恐怕比你打短差做遊擊還要賺得多。」

此後，這支金牛走勢一直低迷，整整一個月，就那麼半死不活地盤在那兒。眼看著就要元旦了，每年的年初，有著太多的不確定性，所以股市大盤在年末一向沒有什麼行情。多買了金牛的大戶都絕望了，多數人都小賺或小賠出局，包括洪胖子在內，這種走勢，讓他無法相信徐海生說的什麼長牛走勢。

徐海生在不動聲色地進行著他的一石二鳥計畫，與此同時，張勝在股市的處境也是一日千里。他炒作的那支東風科技，在他出手後不久便連連下跌，迅速跌到了十日均線以下，但成交量萎縮得厲害，於是，他果斷地再次抓回了這支股票。

一般來說，炒股的人對第一支讓他賺大錢的股票總是記憶猶新，只要有機會，就願意再次炒它。張勝實際上第一次選擇的股票是蜀長紅，但是文哥說過，它的勁頭已過，所以張勝不再考慮，他現在就盯住了東風科技。

看起來他的買進動機固然有技術分析的成分在內，但是也不乏念舊情結，似乎有點感情用事。但是運氣來了，那是城牆也擋不住，如果說張勝有點愚蠢，那就是當時的股市比他還要愚蠢。就在眾大戶為金牛地產焦頭爛額的時候，東風科技再度發威，像吃了威而鋼似的，勃勃又起。

當然，這時還不能說張勝對股票的感覺有多麼神奇。在大盤波瀾不興的時候，他的個股能掀起如此滔天升浪，很大原因得歸功於機緣巧合，他只是在合適的時間站在了合適的位置而已，是歷史造就了人物，而非人物造就了歷史。

年終盤點的時候，洪胖子垂頭喪氣地說：「真他媽的背啊，不如跟著張勝這個幸運寶寶買東風了。張勝張勝，張勝常勝啊。我的資金整整壓了一個月，一文不賺，還賠了他娘的十多萬。唉！」

張勝和對面的嚴鋒對視一眼，微微一笑。

「不止張勝啊，聽說溫雅小姐賺得更多。」

「別提她，那女人太獨了，買什麼從來不跟人講，只有賣了之後才說。不過也奇了怪了，她還真是只賺不賠，都成女股神了。」

「切，你那是廢話，能跟你講才怪。聽說……她玩的是老鼠倉，最有把握的內幕消息，那能賠嗎？」

「行了行了，各炒各的，誰也別怨天尤人。」

幾個人聚在一塊兒發牢騷，此時張勝已經繞過去，走到了嚴鋒身邊。

嚴鋒正在看股，張勝拉過一張椅子坐在他旁邊，往螢幕上看了一眼，失聲道：「金牛地產？」

嚴鋒微笑轉頭，問道：「這麼驚訝幹什麼？」

張勝定了定神，看了他一眼：「怎麼，你對它有興趣，還是已經買了？」

嚴鋒若有深意地看他一眼，輕笑道：「我正想買。」

張勝一聽笑了，他重重一拍嚴鋒的肩膀，說：「英雄所見略同，我也正打它的主意。人棄我取，人取我棄，我原來覺得它的消息傳得滿天飛，一定沒戲，現在，我倒覺得，它一定有戲，而且是一齣大戲。」

嚴鋒贊道：「不盲從，你就成功了一半。從它先揚後抑的走勢和未曾炒作先大造聲勢的情況看，我覺得這支股票不會就這麼簡單地沉默下去。莊家要出貨，沒必要採取這種手段。在大家一致看好的時候，倒手出貨，賺得比這要多，而且不辛苦，為什麼要壓盤？嘿！我想，過了元旦就該把它抄進來。」

張勝若有所思地點頭，然後看了看那些還在交談的大戶，小聲說：「可是，他們炒股的經驗都很豐富，為什麼就不能想通這一點呢？你說，我們會不會聰明反被聰明誤，想得太複雜了，實際上莊家就是在出貨？」

「不會！」嚴鋒斬釘截鐵地道，「我一直在盯它的價位和成交量。這些大戶都在陸續拋出，可是跌幅和成交量擺在那裏，大莊還沒走。莊家可能K線造假，但不可能量能、K線和均線同時造假。他們沒看出來，只是因為一開始他們就陷進局中。不管多聰明的人，一旦陷入局中，為利所惑，就會變得無比愚蠢，這就是從眾心理和切身利益的影響。」

他想了想，說：「我給你講個故事，也許能說明問題。一位石油大亨到天堂開會，一進殿堂就發現已經座無虛席，沒有地方落座，於是他靈機一動，喊了一聲：地獄裏發現石油了！」

「這一喊不要緊，天堂裏的石油大亨們紛紛向地獄跑去，很快，天堂裏就只剩下他一個人了。這時，他完全可以找一個最舒適最靠前的位置坐下，但是他等了一陣兒，大家還沒回來，這位大亨就犯了合計，心想：大家都跑過去，到現在都沒回來，莫非地獄裏真的發現石油了？這一下他沉不住氣了，於是，他也急匆匆地向地獄跑去。」

「他自己編造的謊言，最後連他自己都相信了，這就是從眾心理的影響。在股市裏，能賺錢的永遠都是少數人，七賠兩平一賺是永遠不可能改變的股市法則。如果你想在股市中成為那賺錢的一員，那麼，你就必須逆向思維，永遠不跟著大夥兒走。」

「要做孤家寡人，是吧？呵呵。」張勝一邊打趣地笑，一邊思索著嚴鋒這番話的深刻含意，他反覆查看金牛地產的走勢圖，終於信服地點了點頭：「嚴哥，我們方才是從分析莊家心理角度去發現這支股票的，我想，你一定還有技術上的支持理由，對麼？」

嚴鋒微微一笑道：「哦？你看出了什麼？」

張勝指著金牛的K線圖說：「從日K線上看，這支股票從七月份開始就在爬樓梯，只是那時是它最隱蔽的時候，我們無從發現。你看，它爬到現在，中間還有過一段快速脫離成本區的拉升階段，應該是真正的建倉結束了。他現在需要清洗浮盤，一是減輕拉高時的拋盤壓力，二是增加平均持股成本，所有的目的都是為了減輕拋盤，那麼真正的拉升，一定還沒有開始。」

「它用陰跌的方式洗盤，不用自己的籌碼砸盤，而是放棄控制，任由股價自由下跌，這說明莊家非常惜籌，不捨得浪費一顆子彈。因此，後市漲幅會有多大，我幾乎不敢預料……」

嚴鋒聽了拍拍他的肩膀，說：「不得了，你的悟性實在驚人，剛來時連最基本的東西都要問我，現在我會的你已經全都會了，我看用不了多久，你就要後來居上了。」

兩人正說笑著，突然傳來「噹」一聲響，抬頭看去，只見溫雅小姐舉著電話匆匆向外走來，語氣急迫地問：「什麼時候的事？傷勢嚴重嗎？好，好，我馬上到醫院！」

大家都看著她，溫雅也顧不上和人說話，一陣風地便衝出了大戶室。

「或許是家裏親人生病住院了吧。」張勝同情地想。

洛菲走進去幫她收拾工作台，扶起椅子，一會兒走回來，鬼鬼祟祟地四下看看，然後湊近張勝，小聲說：「喂，溫小姐家裏一定有急事，我剛剛看到，她走得好匆忙，電腦畫面都沒關。」

一看她緊張的樣子，張勝的聲音也不由變小了：「那又怎麼樣，你看到什麼了？」

「我只說給你聽啊，可別說出去。」

張勝嘴角牽了牽，輕笑道：「好啦，我知道了。就知道小菲菲對我最好了，呵呵，快說吧。」

洛菲臉色微暈，似嗔還羞地瞪了他一眼，才道：「我告訴你啊，她的電腦交易畫面都沒來得及關，她的帳面上有一千萬股……」

她悄悄說了一個代碼，張勝神色一動，「什麼價位進的」這句話差點脫口問出，但是他馬上警醒過來，沉吟了片刻之後，笑笑說：「我知道了，謝謝你，這事別再跟人提起了，如果被劉經理知道你洩露客戶秘密，會炒你魷魚的。」

洛菲亮晶晶的一雙眸子一直在盯著張勝的神色，見他只問了這麼一句，又去研究金牛了，似乎有點失望：「她炒的股票，可是從來沒賠過。你……不想搭段順風船？」

張勝笑笑，說：「謝謝你。我不想搭她的順風船，把自己的命運交給別人來掌握，那是一件很可怕的事，我寧可相信我自己！」

洛菲直起腰來，在他身後凝視著他，眸光閃動，不知在想些什麼。

元旦過後半個月，金牛地產就脫離盤整，快速上揚，公司董事會隨後宣佈有重大重組消息。此時，張勝和嚴鋒已經分批小數量地不斷進貨，滿倉吃進了以低迷陰跌做盤整的金牛地產。

「搭你的船，賺你的錢，就當你還我的利息吧！」張勝看著不斷上揚的金牛K線圖，微笑著說，好像螢幕裏面是徐海生的臉。

兩個月後，金牛集團真的對公司進行了資產置換，將公司屬下一家房地產公司百分之四十的股權置出，置入了一家電子有限公司百分之百股權，給公司套上了高科技的光環。由於這家電子有限公司原是本市一家著名大學興辦的企業，於是金牛地產成了集地產股、高科技股、高校概念股於一身的股市寵兒。

報刊、雜誌、電台、電視，推薦該股的評論鋪天蓋地，在寒冬一般的年初的股市裏，它就像一台空調吹出的暖風，成了時下最靚麗的一道風景。

由於這家電子有限公司主導產品自動售貨機市場佔有率一度達百分之八十，而超市商店如雨後春筍正在興起，有經濟學家預測，重組當年金牛公司的主營業務利潤就將同比增加百分之六百八十六點零五，淨利潤增加百分之二百五十三點六六。金牛股票股價一路攀升，從去年十月中旬到今年四月初，漲幅高達百分之四百八十，成為同期漲幅最高的一匹大黑馬。

徐海生在大戶們中間一下子樹立了極高的威望。儘管沒有加入他的財務公司的這些大戶們幾乎都沒有賺錢，但是他們無法埋怨徐海生。他們賺錢的時候，徐海生勸過他們出手；該股盤整的時候，徐海生勸過他們守住倉，不要被洗出去。是自己沒那個財命，大複何言？

徐海生進駐這支股票的資金成本極低，總收益比市場預計的六個月漲幅還要高。他的個人資產翻了幾番，徐氏基金威名遠揚，一時求著加入財務公司的大戶如過江之鯽，徐海生的金融帝國已初現端倪，目前他手上可以直接指揮操縱的資金已經達到八億元。

個股的靚麗風采不能取代大勢的低迷不振，整個股市來說，仍是死水微瀾。

而張勝此時的資金已經達到四百二十萬，在此期間，他用小筆資金做過幾支股票，有賠有賺。總的來說，除了他投以重注的金牛，在這種萎靡的市場中想賺大錢無異於虎口奪食，炒作其他個股能略有贏餘也算不錯了。

不過張勝對自己的要求卻不因短時間內資金翻了四倍而滿足。他的仇人比他更強大，實力更雄厚，獲得的收益更多。這一切，刺激著他不斷尋求更大的進步，尋找著更好的獲利機會。

攜著東風科技和金牛地產的東風，張勝在大戶室裏也開始小有名氣，在華山劍氣二宗與黑木崖聖姑之外，又多出來了個明教教主。本來大夥兒是要給他封個令狐沖的，在溫小姐的一再嚴正抗議下，終於被明教教主這一綽號取而代之了。

徐海生的壯大模式啟發了張勝，他同劉經理商議，成立了張勝工作室，開始吸納會員，代炒股票。從中他獲得的只是傭金，但是至少這筆錢是歸他指揮使用的，由他統一指揮的資金此時也有了三千多萬。他在這個過程中，正在漸漸嘗試大資金的運作和進出動作。

資金越大，進出越明顯，很容易被人看出端倪，於是他開始招兵買馬，招聘了一些年輕人，用不同的身分證在不同的證券交易所開立股票帳戶，分散買入和賣出。洛菲正式離開了證券交易所，成了他麾下一名幹將，他本想邀請亦師亦友的嚴鋒入夥一起幹，不過嚴鋒似乎很喜歡做獨行俠。

人各有志，張勝不為己甚。在金牛登頂，開始逐步降落的時候，在市場上一時找不到值得出手的個股，張勝開始研究起大盤走勢和消息面的變化來。

股市中，百分之九十的股票走勢與大盤是相輔相成的，在這百分之九十的股票中，大盤漲百分之三，它能漲百分之四的股票，就是相對強勢的股票。在這些股票中再理出個頭緒，劃清不同的板塊，在同一板塊中找到領頭羊，就能最大限度地獲利，這是張勝目前的想法。

他每天都在研究K線，研究基本面、消息面，相關報刊他是一定要看的，不看股評家的分析，但是政府職能部門的一舉一動他都要看。每晚新聞他是一定要看的，張勝知道，那裏向你透露著無數的內幕消息。

男人的懦弱，需要另一個男人來救治；男人的成長，需要一個強有力的對手來刺激。張勝堅強成長的動力，就是徐海生！

天亮了，鳥語如歌，杏花綻放猶未凋零，該是他展示自己工作能力的時候了。

他伸了個懶腰，看看披著一頭如雲秀髮，猶自偎在他懷中甜睡的鍾情，滿足地一笑。

經過對大市的研判，他認為正如合久必分、分久必合一樣，大盤壓抑久了，也必會變態地爆發一次。已經延續了一年多的跌勢，大盤如果陡然反轉，很可能會選擇五月這個進可攻、退可守，無論上下時間上都相對寬鬆的時機。

他判斷近期一定會有一次行情，這觀點與嚴峰不謀而合，所以本周他準備擇幾支走勢穩健的股票再次入場。但是就在七號發生了一件大事，星期六消息才在全國蔓延開來。

此事應該會對股市產生極大的影響，張勝對此有點疑慮。他跟嚴鋒通了個電話，兩人重新分析了一遍，最終一致認為，這次國際事件會加速大盤的下跌，同時也意味著大盤會加速見底，因此，應與普通投資者背向而行，繼續做孤家寡人，及時搶貨進場。

在張勝心裏，決定獅子搏兔，不加猶豫。潛意識裏還有個原因，就是要儘快趕上徐海生，兩人起步不同，不劍走偏鋒，焉能異軍突起？

就像一位披盔帶甲準備領兵上陣的將軍，想起新的一周，新的一場博弈，張勝就亢奮不已，而鍾情，便無可替代地成了他亢奮精力的承受者。昨夜，可真是把她折騰慘了，不知道為什麼，他越是有鬥志的時候，不管多麼勞累，精力都會變得更充沛。

張勝的動作把鍾情弄醒了，她慵懶地打了個哈欠，習慣性地拿起床頭的手錶看了一眼，又放了回去，然後像隻懶貓似的繼續往張勝懷裏擠。

「幾點了？」張勝抱住她，在她豐臀上拍了一巴掌。鍾情像沒睡醒的小姑娘似的嚶了一聲，找好他肩膀的位置枕好不動了，臉上有甜笑，閉著眼睛，睫毛蓋住了眼簾。

張勝起來洗漱一番，穿戴整齊，準備趕回證券交易所了。

此時，是一九九九年五月十日。一天以前，北約導彈襲擊中國駐南斯拉夫大使館，舉國激憤，很多人預計由此將引發兩國間一系列問題。作為經濟晴雨錶的股市，必然首當其衝，受到極大影響。張勝工作室準備逆向入市的時候，徐氏基金正在竭力精倉。

今天，距一九九九年五月十九日股市「井噴」、「火箭」升天的日子還有正好十天！

當所有的人都賺錢

在大家紛紛看好後市、

相信巨量在維持著升勢、政策前所未有的支持背景下，

大盤漲勢還將維持至少三個月的漲幅，

漲勢至少持續到「十一」國慶日前後的時候，

張勝卻意識到，正如那個燒餅的故事所寓意的，

所有的人都在賺錢，這個泡泡吹得越來越大了，

天知道，它會在什麼時候「啪」的一聲破了。

「不要做那個把燒餅留在手裏的人。」

鍾情的這句話重新在他耳邊迴響，他站在台階之上的銅獅旁，

心想：「該撤了！」

五月十日，星期一。原本低迷的股票市場因為北約導彈襲擊中國駐貝爾格萊德大使館的消息而加速下行，滬市跳空開盤一千一百零七點，深市跳空開盤二千七百二十九點，然後一路下滑，這個跳空缺口被稱為「導彈缺口」。

大量拋盤使股指急速下滑，張勝所在的證券營業部裏，大戶、散戶們都在忙著填報賣單，張勝卻穩如泰山，一動不動，只是坐在那兒抽煙，也不看盤，不知道在想些什麼。

他的助手洛菲一上午接了無數個電話，每個電話她都用機械而甜美的聲音回覆：「請放心，張勝先生代您操作的資金是安全的，我們近期沒有買入股票，八成以上空倉。對，請放心好啦。」

「我去樓下看看。」張勝忽然熄掉煙頭，對忙碌中的洛菲說了一聲。

現在，張勝作為張氏工作室的負責人，已經有了一個用玻璃牆隔斷的小辦公室，其實還是在大戶室裏，只是相對有了一個完全屬於自己的小空間。

一樓大廳，人聲鼎沸，自動買賣終端和交易櫃檯前擠滿了人，許多人都是從公司請假，匆匆跑出來掛單賣股票的。

「都在賣，人人都在賣。」張勝喃喃自語。他站在大廳一角，靜靜地觀察著大廳裏的動靜，近一個小時之後，他才折回大戶室。

「幸好我們最近沒有大舉建倉。」洛菲擱下電話，對張勝笑眯眯地說：「現在人人都在拋股票，有些套得深的散戶不捨得出手，氣得在ＢＢＳ上發佈消息，聲稱『現在誰賣股票誰就是賣國！』的帖子呢。」

張勝神色動了動，問道：「反響如何？」

洛菲聳聳肩，俏皮地一笑：「根本沒人反駁他的意見，大家都在忙著出貨呢。」

電話又響了，洛菲連忙拿起茶杯潤了潤嗓子，拿起電話繼續說：「你好，張勝工作室。請放心，張勝先生代您操作的資金是安全的，我們近期沒有買入股票……」

張勝吸了口氣，一轉身，又到大廳去了。

週二、週三，股市小有反彈，但成交量大幅萎縮，週四，兩市再度走陰，成交量萎縮，漲幅居前的都是一些低價股，如望春花、渤海集團、航太機電、川長江、ＳＴ廈海發、法爾勝等。總體看來，弱市特徵明顯。

張勝注意到，一樓大廳已經冷清起來，所剩無幾的股民在打撲克。

週五開盤不久，上證綜指就跌到了一千零六十點，擊穿了今年以來的最低點。洪胖子在大戶室裏激動地發表著意見：「我全拋了！等著看吧，一千點大關很快就要跌破！」

劍宗掌門老封歎氣道：「我同意，深發展、四川長虹兩支龍頭股都在下跌。現在紅盤股票只有不到五十支了，『壯士斷腕』吧。」

氣宗掌門老岳苦笑：「這一回我們意見一樣，現在做短線就是一夜情，做長線等於包二奶，無論是一夜情還是包二奶，現在都不是時候，勒緊自己的褲腰帶吧。」

「為啥？」

「因為他媽的嚴打掃黃了。」

大戶室裏響起一片苦中作樂的笑聲。

有人問道：「哎，聖姑怎麼樣，她手裏還有股票嗎？」

「噓，小聲點，沒看她最近臉色有多難看？套得深著呢！」

大戶室裏於是再度沉默下來，老岳站起來抓起外套：「得了，沒啥意思，反正我是全清倉了，釣魚去。」

大戶室裏的人轟地一下作鳥獸狀散，張勝站在一角冷眼旁觀，一臉若有所思。沉吟良久，他下意識地抬頭看向嚴鋒的座位，嚴鋒也正在看他，兩個人對視一眼，同時一聲苦笑。

這個星期，兩市跌幅都在百分之五以上。張勝原定於本周進場，但是他沒有動。

五月十八日，聽起來很吉利的一天。徐海生在他的徐氏財務公司總裁辦公室裏，正在焦頭爛額地做著最後的清倉工作。上次炒作金牛地產所獲得的收益，在近期的運作中已經折損了三分之一。大盤不配合，一時又沒有類似金牛地產的公司可以與他裏應外合配合炒作，想賺錢談何容易。

還好，總算清倉及時，不至於把辛苦錢全吐回去。

「徐總……」

他的秘書推門走了進來，站定身子稟告道：「按您的吩咐，我們逐步減倉出貨。現在整個市場都在拋空，我們的股票數量巨大……」

「告訴我結果！」

「直至剛才，我們才全部出淨，損失大約……」

「出去！」

「……是！」

徐海生煩躁地站起身子，這個秘書回答問題總喜歡自作聰明地加上許多修飾語，如果是在股票攀升期，他倒不介意跟這個大胸美人多對答幾句，可是在他心煩的時候，這麼多嘴的女人簡直是無法容忍。

「媽的，也許我該把她也拋出去！」徐海生惡狠狠地想。

他摸出一根煙，在煙盒上頓了頓，還沒等點上，忽然想到了張勝：「那小子不知道如今怎樣了，嘿！我們還真是有緣，竟然不約而同地涉獵於股市。」

想想張勝可能比他的處境還要困難十倍，徐海生有點惡意地微笑了。

他沒有刻意打聽張勝的一舉一動，更沒有無聊到讓人去監視他操作股票的行動。張勝既已出獄，再殺他需要付出的成本就太大了。案子既已了結，再殺他也就沒有必要了。因此，徐海生放過了張勝，在他眼裏，張勝始終是不足為慮的毛頭小子，自然不會放在心上。

張勝沒有在工作室裏分析圖形，在網上他也不看那些漫天飛的謠言，瞭解國家經濟、證券方面一些最新的政策和相關領導人員的動向之後，他大多數時間都是在一樓大廳和二樓大戶室觀察同為股民的其他投資者心態和動向。

「第一次跌，我就像女孩子被人摸了一下手，好緊張哦！第二次跌，我就像被人摸了一下胸，好可怕哦！再跌，就像被人強暴了，好痛苦哦！再跌，沒有感覺了！繼續跌……靠！我都這樣了，誰怕誰啊？再跌，跌出快感來了。」

小楊咬牙切齒地說著冷笑話，他這兩年炒股賠得厲害，割肉割得元氣大傷，現在他的股票全線被套，但是已經沒有勇氣再割了。大戶室裏已經沒有幾個人了，平時準時趕來像上班似的大戶們，全都趁這機會休閒散心去了。

「哈哈哈……」洪胖子在笑：「你小子，叫你跟我一起離場，你還不捨得。看看，這兩天的工夫，又虧了多少？」

「靠，你少事後諸葛亮了，我賠得比你慘啊，換了你，你也不捨得。我就不割，就是不割，我拿它十年成不成？不信它不解套。」

洪胖子翻翻白眼：「你要拿它十年，那是肯定解套，可是現在割了出來，焉知十年後不是二十倍、三十倍的收益？」

小楊頹然一歎：「我不想那個了，只要讓我解套就成。只要解了套，我從此再也不炒股了，珍惜生命，遠離股市啊。」

張勝笑笑，返回了他的辦公室：「小菲，現在開始陸續買進股票。」

「啊？」洛菲吃驚地抬起頭，同時手不著痕跡地按了一下滑鼠，把遊戲畫面關掉。當張勝走過來時，螢幕上只是一幅大盤走勢圖，好像這半天她一直在盡心盡責地研究大盤走勢一樣。

「為什麼？現在大盤這麼低迷，等確定升勢之後再買不好麼？是不是……你有啥內幕消息？」

張勝好笑地說：「我哪有什麼內幕消息？」

「那麼……什麼理由？」

「你上周跟我說，誰現在賣股票誰就是賣國是吧？」

「啊！」

「我愛國啊！」

「啊？」

不管洛菲如何相勸，張勝心意已決，執意要她進貨，洛菲無奈，調出交易畫面，問道：「那……買哪些股票呢？」

張勝在另一台電腦上調出七八支自選股，重新流覽了一遍走勢圖，呵呵笑道：「賣股票就是不愛國的帖子是發在互聯網上的吧？咱們就買點網路股好了。」

洛菲在張勝的命令下，分別買進了東方明珠、廣電股份兩支與網路業務相關的股票，以及一支重組概念股。由於大盤萎靡不振，成交困難，而且現在張勝旗下的資產有三千多萬，直至下午收盤，才只收進市值一千六百萬的股票。

第二天上午，股市走勢平靜，仍有買家正在猶豫是否割肉出逃。嚴鋒從洛菲那兒聽說張勝突然出手大舉建倉，不禁連連搖頭。他對張勝說：「人棄我取，人取我棄，也要看時候。如果大勢不配合，逆勢而行，極為不智。」

張勝回答：「我並沒有逆勢而為，相反，我一直都在順勢而為，借力而行。從中國股市誕生的那一天起直至今日，我對它的漲漲落落、起起伏伏，仔細地研究過，幾乎一直以來的周K線圖走勢都裝在我的腦子裏。我始終認為，我們的股市現在還不健全，極不健全，很大程度上，它還是一個政策市場，這你不否認吧？」

嚴鋒點頭稱是。

張勝笑了笑，說：「我們兩個人原來的研判，認為股市靜極思動，該有一波行情。由於大使館事件造成兩國關係緊張，大多數人都擔心由於政治事件的影響會牽累股市行情。而它確實影響了股市。我們的政府不會坐視它這麼低迷下去，即便不是為了經濟，這就是我的研判，以及我入市的理由。」

嚴鋒靜靜地聽著，毫不客氣地指出：「或許你是對的，不過即便你是對的，冒險的成分仍然很大。一個穩健的投資者，應該在確定止跌或者重拾升勢之後再出手。」

張勝平靜地說：「嚴哥，我承認你說得對，不過富貴險中求，要獲得最大利益，就必須得冒相應的風險。」

「張勝，你骨子裏有嗜賭的因數。」

「也許，但是我有不得不賭的理由。」

「哦？說來聽聽。」

「唉，個中原由，不足為外人道也。」

嚴鋒聞之不禁氣結。

張勝擇機進場的消息被大戶室所餘寥寥無幾的大戶們聽說了，都是一副訕笑不已的表情。溫雅小姐靜靜地坐在大戶室最裏端，一直埋頭於她的盤面，誰也不知道她是在進貨還是在出貨，只是她偶爾進出一次，別人看到她的臉色，那副俏美的臉龐始終如罩嚴霜，有種拒人千里的感覺，看來她一直的好運氣真的到頭了，近來手上的股票操作也不順利。

張勝回到他的工作室，命令洛菲繼續進貨，至中午收市，他又收進八百多萬的股票，所餘資金僅四百萬了。張勝決定下午再繼續進貨，他的想法是大盤即便還有下跌，空間也不是很大了，安全係數比較高。

另外，他還有一個不能擺到台面上說的理由：中國自古以來就是官家重名勝於利，現如今讓人家一顆導彈，兩家劍拔弩張正在打嘴仗，如果自家的股市再被人唬得一瀉千里，那還成何體統？官兵打仗還講個戰前動員，此時不凝結人心士氣更待何時？不可能沒有表現。

這幾天，張勝雖然人前一副胸有成竹的樣子，私下不知做了多少研究，常常挑燈夜戰，搜集方方面面的資料加以總結分析，所以勞累不堪。這天中午，他吃飯後睡了個午覺，到下午開盤還沒醒。

一點多，張勝正在做著美夢，他夢見和鍾情在一張大水床上大戰，忽而那女人又變成了久不曾謀面的秦若蘭。想起她移情於一個英國帥哥，張勝又嫉又恨，自然是鼓足餘勇，不依不饒。這一場大戰頭暈目眩。眼見秦若蘭連聲討饒，張勝正想追問她是否肯回心轉意回到自己身邊，夢境忽又變成他驚聞若蘭出國，於是開著車奔向機場的情形，夢中的道路是一條泥濘難行的小路，他的車子顛簸得快散架了，眼看要衝到機場入口了，忽地被人搖醒過來。

「漲啦！漲啦！覺主，別睡啦！」

張勝因為上次抓了金牛這支大明牌，被大戶室的朋友開玩笑地戲稱為「明教教主」，調皮的洛菲給他改成了「覺主」，一聽這麼叫，他就知道是小菲。

張勝懵懵然地睜開眼睛，問道：「什麼漲啦？」

洛菲興奮得手舞足蹈：「漲啦，全漲啦！大盤、個股，你買的所有股票，全漲啦，明珠廣電紛紛漲停，你太神啦，覺主。」

張勝把蓋在身上的外套往旁邊一甩，愕然道：「你做夢吧，哪有這麼快，上午還風平浪靜呢……」

「你才做夢呢！」洛菲嗔道。張勝把外套一扯開，那褲子中央高高挺起的一根旗杆撐出來小山丘赫然在目，誰叫夏天穿得少呢，有點反應也無所遁形。

洛菲一見羞得面紅耳赤，啐了一口道：「不但做夢，還不做好夢！」轉身便逃開去了。

張勝愣了愣，這才發現下體的不雅，趕緊扯過外套又掩上，然後一躍下地撲到了自己桌上，一看到電腦螢幕上的畫面，他就驚得目瞪口呆。

一根巨陽沖天而起，整個大盤個股一片紅紅火火，交投頻繁，成交量不斷攀升。張勝看得驚奇不已，好半天他才確定這不是電腦故障。

「出了什麼事，一定有什麼重大消息！」張勝忍不住大叫起來。

「我不知道，在網上還沒查到，不過真是漲了，全漲了！」洛菲連跳帶笑，歡喜得不得了。

張勝狂喜，他一拍洛菲的削肩，嚷道：「我去問問！」便一陣風似的跑了出去。

洛菲被他拍得肩膀一歪，肩頭麻麻的。

「這壞蛋，一天不想好事，不過，這個壞蛋很神耶，呵呵……」洛菲揉著肩膀，又「咯咯」地笑起來。

「十六號，國務院通過了一份關於大力發展資本市場的政策建議，主要包括改革股票發行體制、保險資金入市逐步解決證券公司合法融資管道、允許部分具備條件的證券公司發行融資債券、擴大證券投資基金試點規模、搞活B股市場、允許部分B股、H股公司進行回購股票的試點等等，共九條意見。今天中午，消息傳出來了。」

嚴鋒一見張勝興沖沖地跑出來，便知道他想問什麼。他剛剛撂下電話，便對張勝簡略地說明了股市暴漲的原因。

說完後，他微微一笑，伸出手說：「恭喜你，不過我還是要說，不贊成你這種冒險的賭徒行徑。千金之子，坐不垂堂，你要為你自己、為信任你、追隨你的所有人負責。」

張勝正在開心之中，聞言笑道：「大哥，不用這麼認真，我可不是千金之子。」

嚴鋒笑笑，若有深意地說：「現在不是，焉知你將來不是？」

張勝童心忽起，向他扮個鬼臉，笑著說：「不在其位，不謀其政，等我是了再說。」

當日下午，大盤風風火火，如井噴的石油一般，張勝重注買下的明珠、廣電等網路概念股率先漲停，成為股市領頭羊。

週四，除了五支個股外，繼續「全國山河一片紅」，最好笑的是，一天之前整個市場還一片悲觀，人人都覺得股市的持續低迷將長期進行下去，現在卻突然冒出能人無數，有知道內幕消息的、有遠見卓識的股評家，各種利好傳聞鋪天蓋地蜂擁而來。

五月廿六日，大盤漲百分之二點七六，深發展突然放量，似有成為新的領頭羊之勢。張勝果斷將尚未購入的八百餘萬資金買入深發展，同時把那支漲幅已達百分之四十、升勢有些疲軟的重組概念股拋掉，換入深發展。深發展果然發力，當天即漲停，第二天開始連續漲停，短短幾個交易日，從十二元到二十二元，漲幅超百分之八十，張勝拿下了其中近百分之六十的收益。

大盤如此狂升，如井噴一般，但是沒有人認為漲勢過快，沒有人批評各支股良莠不齊、雞犬升天，相反，各種利好政策不斷湧現，似乎有意推波助瀾，鼓勵證券市場不斷上漲。

「不出所料，不管是出於經濟原因，還是政治原因，現在需要股市大漲，於是……它便漲了！」

張勝微笑起來，有鑒於整個升勢的確立和個股的反應，張勝在六月初開始鎖定一半倉位，另一半賣掉升勢有些疲軟的股票，不斷換入風頭正勁的新股，波段收益遠遠高於大盤漲勢。

六月一日，B股降低交易印花稅；六月十日，央行宣佈第七次降息；六月十四日，證監會官員發表講話指出股市上升是恢復性的，言外之意，它是健康的；六月十五日《人民日報》第二次在頭版發表特約評論員文章《堅定信心，規範發展》，指出近期股市是正常的恢復性上漲，各方面要堅定信心，發展股市，珍惜股市的大好局面。

六月十六日，股市繼續呼嘯直上，至六月廿一日已逼近歷史最高點一千五百五十八點；六月廿二日，中國證監會主席在「學習《人民日報》評論員文章座談會」上講話指出，要珍惜來之不易的大好局面，共同推動市場健康發展；廿三日，上證指數突破保持六年的高點一千五百五十八點，創下歷史新高一千六百零六點。

六月廿四日，僅滬市成交量已由行情啟動時的四十多億猛增到三百三十億的天量，第二天更達四百四十三億；六月廿五日，兩市成交量竟達八百三十億元，創歷史紀錄。

緊接著，管理層再次發佈利好消息，允許三類企業獲准入市，大盤繼續跳空高開。

一系列火上澆油的利好發佈，中國股市進入了空前的大牛市。

股市瘋了！

股市裏的人瘋了！

手中無股心中有股的人瘋了；

手中有股心中也有股的人瘋了；

徐海生氣瘋了！

他錯誤地判斷了形勢，南斯拉夫大使館被炸前，他手上還有三分之一倉位的金牛地產沒有出貨，因為本錢已經回來了，所以不急不忙一直在高位震盪派發。南斯拉夫大使館被炸後形勢急轉直下，洶湧而出的拋盤把金牛直接打到了跌停板上，人們好像這時候才認識到這種高位股票的風險。

五月十一日，金牛地產跌停，成交無幾。

五月十二日，金牛地產打開跌停後半小時，又牢牢地封在跌停板上。

隨後的兩天，金牛地產的股價跌幅都超過了百分之五。徐海生手上的餘票在客戶們的一再催促下，保證於下週二之前全部出清，這一算，原來的利潤已大幅縮水。

五月十八日，全部清倉工作完成後，徐海生強自壓下心中的煩惡，安慰自己說還好，至少保住了三分之二的利潤。

孰料隨後便是轟轟烈烈的「五．一九」！

大盤下跌，生氣；大盤上漲，更是能讓人氣得瘋掉。徐海生的情緒受到了影響，關心則亂，判斷力便有些下降。在股市行情剛剛啟動時，他只投入一小部分資金，因為按照他的判斷，大盤疲弱已久，利好出台後，必定有一部分缺乏信心的投資者趁機甩貨離開，大盤應該還會有個沖高回落洗盤的階段，他可以在這個階段再穩妥進貨。

孰料，大盤扶搖直上九重霄，竟是一去不回頭。他再想追的時候，已經拍馬都追不上了。

加入徐氏財團的大戶們每天走馬燈似的遊走於他的辦公室，充斥他耳朵間的只有一個字：「買！買！買！」

徐海生資金量巨大，無論進出都非一日之功，只得不斷加碼跟進，用了半個多月的交易時間，才在六月中旬之後建倉完畢。

「我想，再有一到兩天的時間，我名下的股票市值就可以達到一千萬。由我操作指揮的總資金的收益比例幾乎與此相同。情兒，你能想像麼，在這裏，財富聚斂的速度驚人到難以想像！」

張勝與鍾情並肩站在陽台上，看著太陽餘暉下的水產批發市場。已經閉市了，夕陽的餘暈映在棚頂，一片金黃。

「的確是難以想像，簡直是一夕之間就能造就一個百萬富翁的神奇地方！」鍾情贊同地說著，轉過頭看著張勝。

他比以前成熟多了，也內斂多了。鍾情讀得懂他，張勝這樣的人文化程度不是很高，但是他卻有著獨特的生存智慧，這些魅力卻極少為普通人所知。

高智慧的產生必須有著強烈的追求和自強不息的創新精神，許多億萬富豪文憑並不是很高，但是多數人都有過種種常人難及的經歷，做大事做決策時有主見，且能獨闢蹊徑，比如比爾．蓋茲、賈伯斯……

現在，張勝無疑正取得極大的成就，不過鍾情覺得，自己現在沒有必要錦上添花去讚美他、誇獎他，或者扮成無限崇慕的小女人模樣。那麼做，無疑會加重自己在張勝心目中的分量，討他的歡心，但是她想，男人的夢想就像天上的風箏，女人應該幫助她的男人放飛他的夢想，卻不能縱容他的野心。就算是太空梭也有回歸地面的一天，如果男人的自信被縱容膨脹到一個高度，那就會掙斷線，好女人該時時幫她的男人收收線。

於是，鍾情淺淺一笑，輕輕靠近張勝的身體，低聲問道：「還記得那個燒餅的故事嗎？」

「燒餅？呵……我當然記得，怎麼了？」

「不要做那個把燒餅留在手裏的人。」

張勝愣了愣，轉過頭來認真地打量她。

鍾情嫣然一笑，笑如春花。她只提醒這麼一句，然後便不再多言了。聰明的男人，一句提醒就夠了，說多了，只會讓男人產生逆反心理。

六月廿八日，全國證券監管工作會議在北京召開，股市以瘋狂大漲來表示歡迎，數百支股票漲停。這天一休市，劍氣二宗的掌門人就提議大家晚上一齊吃飯，慶祝一下股市的大漲。這些大戶雖然大多是後追進來的，不過這段日子可以說是隨時進隨時都在賺錢，每個人帳面上的市值都漲了至少百分之十，所有的人都在賺錢，所以所有的人都很開心，只是開心的程度不同罷了。

日月神教的溫聖姑一向獨來獨往，不跟臭男人打交道，清高得很。前些日子她的手氣很不好，操作連連失誤，大家更是噤若寒蟬，因此沒人敢去邀請她。這一來，合日月為一身的「明教教主」張勝就成了這個大戶室裏除了劍氣二宗掌門之外最有影響力的人物，大家都起哄要他請客，張勝便笑著答應了。

這些大戶這麼做，一方面是為了和他拉攏感情，另一方面也是因為張勝這段時間的成功，許多人已經動了心思想投到他的門下，加入張氏工作室，今晚聚會就是想酒足飯飽之時來個投石問路。

當晚，張勝和大戶室的這些朋友先去了君王大廈新開的大酒店飽餐一頓，酒足飯飽之後，又就近到大廈另一側的君王夜總會K歌喝酒。

君王夜總會不愧是五星級大酒店裏的夜總會，裝修非常豪華氣派，金碧輝煌，宛如一座皇宮。從入門起到包廂一幢四層，身著白紗裙、高雅大方的小姐穿梭如織，見了他們都會淺淺一笑，說上一聲「歡迎光臨」！

就在這麼多漂亮的眼睛注視下，他們走進了一間如同會議室般巨大的包廂，眾人剛剛落座，便有三十多個衣著性感、容貌美麗的女孩兒走進來，在包廂裏一字排開，等著他們挑選。

選了一撥，有人一揮手，被選中的便雀躍奔到她的金主身旁挽著他的胳膊坐下，一臉甜笑。沒選中的退下，又是一批年輕漂亮的小姐再次娉娉婷婷地走進來。

看這情形，這家夜總會得有三百多名小姐，才能擺得出如此氣派的排場。

岳掌門快五十歲的人了，卻選了個十八歲的小姑娘，嫩得一掐就出水兒。攬著這小姑娘的腰肢，老岳笑得滿面春風，張勝見了不禁莞爾：「果然不愧是君子劍！」

老封對女人別有一番見解，不挑模樣，就挑胸大的，他旁邊那姑娘相貌不算極美，可那胸前波濤洶湧，看著著實令人眼暈。

「張教土，選一個吧。」幾個大戶笑嘻嘻地對他說。

「八號吧！」張勝笑吟吟地說。他連人都沒看，管她長什麼樣子，陪大家唱唱歌，跳跳舞而已，都是為錢賣笑的女人，反正光看這兒的檔次，也不會有難以入目的女孩。選八號麼……因為這數字喜慶。

八號女孩一聽，嫣然一笑，舉步向他走來，張勝這才抬頭看了一眼，只見這女孩明眸皓齒、身材高挑，一襲高雅大方的白色短連衣裙，胳膊大腿露在外面，皮膚光潔細膩、笑容甜美可親……真不錯，屬於那種一見就很賞心悅目的可心人兒。

人多了氣氛就熱鬧，K歌的，跳舞的，擲色子的，擺龍門陣的，對女人動手動腳的。酒是上了一打又一打，包廂裏的溫度急劇上升。

陪張勝的八號很漂亮，但是張勝不習慣在人前做什麼親昵動作，吼了兩首歌，他便停下來，笑著看別人玩鬧。八號也很文靜，見他喜靜，便只陪他喝酒聊天，不時溫柔地遞上一塊水果。

她告訴張勝，她是一名輟學大學生，為生活所迫，於是便來這裏做小姐了，她是新來的，剛來一個星期……

張勝聽了便笑，似乎每個小姐見到客人都會說「我剛來的，什麼都還不會」扮一下純潔，當然，要讓你一聽動憐香惜玉之心，覺得這女孩剛下海，既乾淨又漂亮，多塞點小費；你要問她為什麼幹這個，她們都會回答「家裏窮，生活所迫」，或者「被男朋友甩了，報復他」，千篇一律！

張勝是不信這個的，哪怕她生得再楚楚可憐，清純若水。如今這世道，逼良為娼的畢竟是少之又少，像這裏的這些小姐，憑她們的條件，如果想正兒八經過日子，怎麼也不會淪落至此。不過張勝並不說破，人家只是姑且說說，他便只是姑且聽聽。

兩個人聊天時，八號小姐和他說起一件事，因為聽他們這些人一晚上都在討論股票，有幾個大戶向張勝敬酒討教時還連連恭維他是股市高手，這女孩便好奇地向他打聽有沒有內幕消息。

張勝一問才知道，原來這小姐也買了股票，而且還賺了不少。她還告訴張勝，不止是她，這個夜總會許多小姐都買了股票，不少人都是「五．一九」行情爆發之後才匆匆開戶入場的。

八號小姐很開心很得意地告訴張勝：她們運氣很好，全都賺錢了。

夜深了，大家開始散去。有些談得兩情相悅的男人摟著小姐的腰低低私語著一齊走了出去。張勝買單，不過小費都是各付各的，這個場子裏的小姐小費都是三百元，但是張勝給了八號五百。喜得八號連連道謝，還用一雙含情脈脈的眼睛深情地瞟著張勝，以為這位大老闆想帶她出去宵夜，不過張勝卻獨自一人離開了。

他多給兩百，不為別的，就為這女孩告訴他的一句話：連坐台的小姐都在炒股了，而且人人都在賺錢。

張勝聽了這句話怵然心驚，他們在賺錢，她們也在賺錢，人人都在賺，到底在賺誰的錢？

割肉需要勇氣，獲利拋出更需要勇氣，除了需要勇氣和智慧，還要有對誘惑的克制，張勝做到了。

在大家紛紛看好後市、相信巨量在維持著升勢、政策前所未有的支持背景下，大盤漲勢還將維持至少三個月的漲幅，漲勢至少持續到「十一」國慶日前後的時候，張勝卻意識到，正如那個燒餅的故事所寓意的，所有的人都在賺錢，這個泡泡吹得越來越大了，天知道，它會在什麼時候「啪」的一聲破了。

「不要做那個把燒餅留在手裏的人。」

鍾情的這句話重新在他耳邊迴響，當他走出君王大廈的時候，迎著熏人欲醉的滾滾熱浪，他站在台階之上的銅獅旁，心想：「該撤了！」

第六章

黑色星期四

這一天，成為黑色星期四。

此後的很多年，星期四股市下跌的機率都很大，

黑色星期四成了一個時常出現的名詞。

張勝再一次體會到了什麼叫逆向思維，因為他觀察到，

大多數散戶都相信在這個盛大節日裏，

大盤怎麼也會回應上升，火上添柴的，然而走勢卻截然相反。

一個半月激動人心、載入史冊、轟轟烈烈的大牛行情告一段落了。

清早一進工作室，張勝就看到洛菲正在電腦上擺著撲克，小臉繃著，好像誰欠了她三百塊錢似的。

「咳！」張勝咳了一聲。

其實洛菲偷偷玩遊戲他早就知道了，雖說這丫頭換桌面的手法挺熟練的，不過有時玩得太入神，張勝走來時還是能看到。只不過她幹活時　向麻利勤快，不耽誤正事，張勝就懶得管她。

如今明明見到他進來，還白了他一眼，居然仍玩著遊戲，這丫頭……還真是混熟了啊。

洛菲沒挪地方，還在擺著撲克，張勝又咳嗽了兩聲，洛菲輕輕一哼，揶揄道：「天挺熱的呀，怎麼還感冒了呢？不會是昨晚玩得太快活，熱傷風了吧？」

張勝哈的一聲笑，走到她身邊，手剛搭上肩膀，洛菲便扭動了一下把他甩脫了。

張勝笑起來：「忘了忘了，昨晚請客沒帶你去，等下回吧。」

洛菲撇撇嘴：「那種地方，我可不去，免得礙了你的眼。」

張勝擺出　副高僧的嘴臉，詠歎道：「觀自在菩薩，行深般若波羅蜜多時，照見五蘊皆空，度一切苦厄。舍利子！色不異空，空不異色；色即是空，空即是色。受、想、行、識亦複如是……」

與文哥共處的那幾個月，張勝時常聽文哥吟誦佛經，耳濡目染之下，張勝現在倒也能隨口冒出幾段來了。

洛菲繃不住臉了，「噗哧」一下笑出聲來，反身佯嗔著推他：「去去去，少在我面前裝模作樣。原來覺主大人決心出家了啊，難怪呢，捨盡世俗之物，人家給三百，你給五百。」

「嘿！嚴鋒那小子告訴你的吧？這傢伙，敢情一晚上沒幹別的，監視我呢。」張勝笑道。

洛菲又白了他一眼：「你是特務呀，還要人監視？」

說到這兒，她忽地換上一副很感興趣的表情，訕笑說：「哎，我聽說那個八號很漂亮啊，對你也很有感覺，怎麼沒帶出場呢？」

張勝繼續開玩笑：「善哉，貧僧是一隻小小鳥，只喜歡小家碧玉型的女孩。」

說著，他向洛菲擠擠眼。

洛菲嗔道：「不許調戲我，你都身家千萬的大金主了，還小小鳥呢？」

張勝涎著臉道：「我的小小鳥又不是指身家多少。」

洛菲啐了一口，暈著臉轉過身去不理他了。

張勝一哈腰，挨著了她的肩膀，洛菲不自在地挪開些，問道：「幹嗎？」

張勝抓過滑鼠，把遊戲畫面關掉，神色鄭重地說：「還有半小時開盤，把我們的持倉情況調出來，今天有什麼電話儘量別接，集中精力開始準備出貨。」

「出貨？」洛菲驚訝地問，「看這樣子，兩千點都有可能衝得到，無論是資金量的支持，還是政策面的支持，趨勢都是向上的，現在就出貨？」

「我不是四大皆空了嗎？」

「我呸你，跟我說正經的！」

「嘖嘖嘖，這麼跟老闆說話的，普天之下也就你一個了，我可是你的衣食父母，客氣點不行呀？」

「快說！」洛菲一雙俏眼瞪了起來。

「直覺而已，我賺了一倍了，大機構人莊家又如何？是到了人人心理預期的兩千點再出貨容易，還是人人認為還要往上漲的時候出貨容易？大機構資金量巨大，進出最快也得一個月，他們必然要提前出貨。」

「可是，拋開市場走向的穩健不談，政策上……」

「政策不是天，它能攪起一天風雲，但是卻不能逆天，價值規律、市場規律才是天意。有個人對我說，逆天必撲街。要做到這一點，首先得知道什麼才是天，如果我錯把政策當成天，那我就真的撲定了。」

洛菲捂著嘴笑：「覺主，你快修成仙了，滿嘴胡話，哦，小女子半句不懂。」

張勝瞪了她一眼，繼續解釋：「我們已經賺得缽滿盆滿了，沒必要那麼貪，今天開盤就開始出貨，注意不要把股價打下來，用整存零取的方法操作。」

洛菲聳聳肩說：「好，你說賣我就賣，反正是你的錢，我才不心疼。」

張勝聽了也不禁翻了個白眼：「什麼倒楣孩子這是？太沒職業道德了。」

六月廿九日一開盤，大盤繼續上漲，洛菲按張勝的囑咐開始逐步出貨。

六月三十日，大盤仍在繼續上漲，早上一開盤，洛菲看向張勝，張勝盯著盤面猶豫半晌，深深吸了口氣道：「繼續出，保持四分之一的倉位就行。深滬兩市各留一支，嗯……就留深科技和上海貝嶺吧，它們是老牌科技股，再持有一段時間看看。」

「好！」洛菲答應一聲，開始了一天的操作。

七月一日，《證券法》開始實施，令人啼笑皆非的是，這大多數人認為是保障股市健康平穩發展的利好消息卻成了利空。一早，許多散戶在集合競價的時候就高價掛單，唯恐大盤再來一次井噴，抓不到發財的機會，可是還沒等開盤，價格就直線下挫。

這一天，成為黑色星期四。此後的很多年，星期四股市下跌的機率都很大，黑色星期四成了一個時常出現的名詞。張勝再一次體會到了什麼叫逆向思維，因為他在一樓大廳觀察到，大多數散戶都相信在這個盛大節日裏，大盤怎麼也會回應上升，火上添柴的，然而走勢卻截然相反。

一個半月激動人心、載入史冊、轟轟烈烈的大牛行情告一段落了。

當天，上證指數大跌百分之七點六一，五百四十九家股票跌停，完全沒有預兆甚至出乎絕大多數人的預料，但是張勝注意到，跌勢是從早上一開盤就開始的，也就是說，那些真正的大機構、有資格在股市中呼風喚雨的大財團，就像達成了某種默契似的，以共進退的方式完成了這次多兵種配合行動。

「他們之間，一定在某種程度上存在著必要的聯繫。在股市上，他們之間都是競爭對手，但是有時候又是共同戰鬥的盟友。無論是消息來源上，還是技術分析上，他們都享有較大優勢，這樣的大機構無一例外地處在我國一南　北兩個金融中心以及一個政治中心，那就是北京、上海和深圳。」

「如果我能指揮的資金超過兩億，就絕不能繼續待在這個地方。龍游淺水，是施展不開的。等我的實力繼續壯大之後，我不能繼續留在省城，我得去以上三個城市中的一個紮根，只有那樣，才能更快更好地發展。」

「偷偷地我拋了，正如我偷偷地買；
我偷偷地派發，作別手中的籌碼。
那新開戶的散戶，就是股市中的羔羊；
K線裏的豔影，在我的心頭蕩漾。
盤面上的接單，詭秘地在螢幕上招搖；
在均價的柔波裏，吞噬著誰的鈔票！
……
悄悄地我跑了，正如我悄悄地來；
我揮一揮衣袖，不帶走一支股票……」

悠然看著墨綠養眼的大盤盤面，張勝站在一堆嗒然若喪的股民中間盤算著他的未來。由文哥的那筆債務帶來的巨大心理壓力正在一點點地緩減：給我時間，給我機會，我一定能行！

張勝在心裏默默地念道。

徐海生在股市大跌當天就意識到不妙，但是他的船太大了，如此龐然大物，比不得小船的靈便，倉促間想清倉離場談何容易。

大盤開始了陰跌回調，此後是長達兩個月的盤整期，在此期間徐海生趁機出了一大部分貨。作為一個在股市裏摸爬滾打了若干年的投機者，對風險的嗅覺比一般人要靈敏得多，雖然這波井噴行情他只是以小勝告結，但在風雲變幻的股市裏，為了可能的百分之五的利潤而賠掉本金的百分之十、甚至百分之二十、百分之五十的人比比皆是，能在這個殘酷的市場裏存活下來的，才是真正的強者。

現金為王，坐守釣魚台的張勝心態最是平穩，持幣者在大盤下跌的過程中當然是心態最好的人。他的成功，吸引了更多的大戶投到他的門下，包括許多其他證券營業部慕名而來的有錢人。張氏工作室已經小有名氣了，現在他可以左右的資金量已經達到了一個億，這種奇跡只有在資本市場才有可能出現。

調整過程中，張勝搶過幾次小反彈，有賠有賺，賠的時候就果斷出局，下跌中持股待漲是最愚蠢的，不過大多數人不經過幾次慘痛的教訓，是很難做到壯士解腕的。

張勝之所以如此果決，是因為他的資金量太大，稍一猶豫損失就驚人，這促成了他性格中當機立斷的因素。當然，更重要的原因是，文哥教給他的第一課就是要敢割肉。

調整市中，是不利於大資金進出的，張勝只用五分之一倉位打遊擊，其他的錢鎖定不動。下跌盤整期持續到九月中旬，十九日至廿二日，中共中央政治局十五屆四中全會在京召開，會上明確提出：「選擇一些信譽好、發展潛力大的國有控股上市公司，在不影響國家控股的前提下，適當減持部分國有股，所得資金用於國有企業改革和發展。」

這意味著股市將有可能大量擴容，受此消息影響，陰跌盤整之勢改變，大盤一路跌了下去。天長地久有時盡，此跌綿綿無絕期，在此過程中，張勝投入的資金越來越少，後來見差價也沒得做，乾脆陪著父母去北戴河旅遊去了。

他從北戴河回來後，見大盤仍是跌跌複跌跌，又和鍾情飛到三亞玩了一周，這趟鴛鴦之旅歸來後，財政部有關人士於十二月六日指出：國有股減持辦法將出台。此消息一出，沒兩天的工夫，大盤便開始了三級跳水似的終極表演。

萬千股民深套其中，萬億市值揮來散去。六月份人民日報還說是「恢復性上漲」，把好多在場外觀望但是非常崇信權威的散戶都套了進來，到如今他們已經被攔腰一刀斬了。

洪胖子始終是堅持戰鬥在大戶室第一線的常客，但是恐怕用不了多久，他就得捲鋪蓋滾出大戶室了。他臉色發紫，聲淚俱下地發表演講：「賭場還有賭場的規矩，而股市呢？誰把握得了？就是巴菲特來了，一樣得被玩殘了。」

這一次，小楊也沒能幸運地逃出去，他悲觀地說：「我算看明白了，減持就是變相攤派和擴容！」

疤瘌六用手指捏出拿電話的姿勢，假聲假氣地喊：

「喂，滬市，滬市，我是深市，我方損失慘重，收到請回答，收到請回答……」

「深市，深市，我是滬市，我方已全部陣亡，這是自動留言，無需回答……」

這小子跑得快，損失不大，玩得正開心呢，劍宗掌門老封照他後腦勺就是一巴掌：「幸災樂禍呀，你！」

疤瘌六挨了一巴掌，臉上有些掛不住，勃然道：「我玩我的，關你屁事。」

「算啦算啦，大家心情都不好，各讓一步，各讓一步。」君子劍連忙出來打圓場。

因為老封年紀大，疤瘌六悻悻地閉了嘴，老封冷哼一聲，陰沉著臉走了出去。

岳掌門歎了口氣，說：「疤瘌六，別怪他了，老封全套著呢，要是再跌下去，就得被營業部強行平倉，那樣他的本錢怕得全賠光了，讓讓吧。」

「張教主，你空倉可有段日子了，對後市有什麼看法？」忽然，一向不大跟大夥兒說話的溫大小姐款款地走了過來，對一直抱臂站在工作室門口的張勝說道。

她這一問，大家的目光都集中在張勝臉上。

張勝看了眼一向高傲的溫大小姐，不知道她為什麼單單盯上了自己。溫雅穿著一件粉色的羊毛衫，挺拔的胸部、纖細的腰肢，曲線非常好看。她臉上帶著淺淺的笑意，那雙明亮的眼睛一眨不眨地盯著張勝。

張勝想了想，說：「目前，我還看不出大盤什麼時候會跌到頭。」

大家一聽，頓時響起一片歎息。張勝又說：「不過，已經重倉被套的朋友，我不建議你們割肉出局。」

焦得海苦笑道：「不割不成啊，我們……太貪了點，多少都透支了營業部的款子，不平倉，營業部也不肯啊。」

有人提議：「咱們請劉經理吃頓飯，讓他多寬限些時日吧。」

焦得海歎道：「他擔得起這麼大的責任嗎？」

張勝笑笑，說：「說實話，現在政策面沒有啥好消息，技術面上，也已經走到了所有均線以下，實在沒有什麼希望可言。不過，我們的市場很大程度上依賴於政策面的支持，國有股減持絕對是利空消息，而且是個大利空，可是具體實施日期畢竟還沒定。」

「現在只有中國嘉陵和黔輪胎兩支股票成為按比例配售的試點吧？這把屠刀磨得霍霍直響，不過一時半晌還劈不到我們頭上。大盤已經陰跌了幾個月了，現在國有股減持的消息一出來，就如驚弓之鳥，已經連續幾天表演跳水了，它還能跳多久？」

「我們換位思考一下，如果你是財政部領導、證監委領導，你雄心勃勃要施行的一項重大方案剛剛出台，實施日期都還沒定呢，就把人全都嚇跑了，你的方案還怎麼實施？你的政績體現在哪裏？依我判斷，就算是為了配合國有股減持方案的啟動，大盤也不會就這麼沉寂下去。」

溫小姐一聽有些失望，她搖搖頭，輕柔地一歎：「你把希望寄託在那麼幾個官兒身上麼？唉……」

她搖搖頭，轉身走開了。

張勝攤攤手，苦笑道：「我不把希望寄託在他們身上，又寄託在哪兒呢？」

只是，溫小姐已經轉身走開了，他這句自語似的話說的聲音又太小，除了站在身側的洛菲，根本沒人聽到。

溫雅把車停在君王大廈樓下，凝視著那扇裝飾豪華的大門，許久之後她才緩緩拿起電話，盡力壓抑著聲音的波動，柔聲問道：「喂，徐總嗎？對，我是溫雅。」

「哈哈，溫雅小姐，好久不見了。」電話裏傳出徐海生爽朗的笑聲。

「瞧你，貴人多忘事啊，前兩天我還給你打過電話，怎麼就好久不見了？」溫雅的聲調帶著點嬌嗔，柔柔的，非常迷人。

徐海生笑道：「我是說自上次酒會之後，沒有見到你的人嘛。哦，對了，前兩天你是打過電話，切磋過對萬風控股的看法。」

溫雅笑起來：「是呀，你現在是業內的能人，徐氏基金威名遠揚，在咱東三省是頭一號私募大哥，小妹想多跟你請教請教呀。」

徐海生連忙道：「談不上，談不上，切磋可以，請教可不敢當。」

溫雅微微一笑：「徐總，最近股市走勢太過險惡，我輕易不敢入場啊，所以想向你討教一下看法，可肯賜教嗎？」

徐海生笑道：「好啊，你溫大小姐炒股向來是有賺無賠，咱們切磋一下對彼此都有增益。是在電話裏談呀還是怎麼著，如果出去談，我就訂個格調高一些的飯店，迎候溫大小姐。」

「呵呵……不必了，我正在外面，一會兒到你那兒去吧。你住哪兒？」

「哦，過來啊？也好，我住君工大廈一八一八號房間。」

「呀，很吉利的數字。好，我大約一小時左右到吧。」

「好，那我恭候大駕。」

電話掛斷了，溫雅握著電話沉思一會兒，然後把它往旁邊座位上一丟，打開車窗，點起了一支女士香煙，幽幽地吸了起來。

溫雅以前的確是炒股如神，但那並不是她的本事，而是幕後有高手幫她。她畢業於一所三流大學，畢業後高不成低不就找不到合適的工作，後來經過熟人介紹，她成了某位大老闆的操盤手。別的操盤手在老闆面前總喜歡賣弄自己的知識，時常分析盤口獻計獻策，而溫雅卻無心於此，閒暇時手邊不離《知音》、《女友》、《讀者文摘》一類的雜誌。

而事實上，老闆需要的就是一台人形機器，需要他們能按照指令一絲不苟地執行，並不需要他們擁有自己的思想。因為大老闆的決策，自有一批真正的股市精英在身邊獻計獻策，而他們這批人只是執行者而已。

這一來，胸無大志的溫雅反而最受老闆青睞，但凡關鍵性的大單進出，都交給她來辦，有什麼決定的時候一般也不背著她。溫雅不喜歡用功學習，但並不代表她的智商低下。等她熟悉了環境之後，就開始坐老闆的轎子，搭他的順風車炒股，一來二去，她賺的比例比老闆還高。

她的大老闆資金實力不足以獨自一人坐莊，因此常常採取與他人合作的方式。合作方法通常如下：大老闆在低位吸納幾千萬股流通股鎖倉，市面上的流通股減少了許多，這樣，本來一支中盤股就會變成小盤股，然後合作的另一個大老闆就用對敲的方式把這支「小盤股」炒到高位，此時，他們雇傭的股評人士就不斷發佈正面消息和評論，大力進行推薦。

這時，這個合作方大老闆開始逐步出貨，待他出貨完畢後，價位比當初吸納籌碼時還要高出百分之五十以上，這時，負責鎖倉的老闆再慢吞吞地出貨。這種合作，需要雙方的信任和配合，如果有一方存了私心和更大貪欲，就會打亂整個步驟，最後兩人一齊栽進去，所以合作夥伴一般比較固定。

由於溫雅是自己當老鼠倉，自然不受這個限制。她可以和老闆在同一價位、甚至更低價位搶先進貨，然後和另一個大老闆一齊在最高位出貨。光是這方面的收益，她每次運作的收益都接近於百分之三百，何況老闆那裏還要付她一筆不菲的酬金。

她二十三歲開始入行，兩年工夫就成了千萬富婆。但是自己坐莊也不是毫無風險的，有一次在炒作中趕上大盤飛流直下，他們炒作的個股也挺不住了，全線被套。老闆急得火上房，溫雅急得是房上火。

因為她每次搭老闆的順風船都大賺特賺，胃口越來越大，她私下在另一個營業部用家裏人的身分證開了個戶頭，悄悄支配買賣。出於她資金量大，信譽度高，得到了三比一的透支權力。這次買股票，她就行使了這個權力。

證券市場中，透支盤一直是消滅大戶和短線高手的好辦法，判斷失常時，即便是高手也難逃爆倉的噩運。這個特權曾令不少風雲一時的大戶傾家蕩產、一蹶不振。如果時限一到強行平倉，她自己的本錢都會賠個精光。

溫雅急得吃不下飯，睡不著覺的情形，令她的大老闆非常感動，孰不知溫雅只是在為她自己套牢的資金發愁罷了。她的資金量雖少，卻也逃不掉，因為老闆每天一開盤就在跌停板上掛上巨量封單，誰也逃不出去。

那一次，她幫了老闆一個大忙，也認識了現在的靠山。她的老闆找到一位掌握國有大企業資金調配權的官員，許給他一筆優厚的報酬。可惜，那位老總不為錢所動，根本不肯幫忙。這時，溫雅出馬了。

為了老闆，更為了她自己。

那位年近六旬沒有倒在錢面前的老總，最終卻倒在了溫雅這個豔媚佳人的肉彈之下。

溫雅並不濫交，她在大學時交過一個男友，年輕人對性的懵懂好奇，使他們偷嘗過禁果。但是那時的他們還年輕，溫雅感覺到更多的是一種心理上跨越禁區的刺激快感，生理上並沒有體味到什麼飄飄欲仙的感覺。

畢業後，埋頭在股市賺錢，隨著資產越來越多，她的眼界也越來越高，年輕的小夥子沒有錢，有錢的大多已成家立業，高不成，低不就，所以她始終是單身一人，儘管她很漂亮，被許多男人奉迎喜歡，但是她一直沒有再為任何人解過裙帶。

不過，這只是因為她對性並不熱衷罷了，在性關係上，其實她看得很淡，為某個男人守節守貞在她看來是很可笑的，那是男人的私心作祟捧出來的貞節牌坊，世上哪個男子配得上女人這樣的付出？

所以，在這必要的時候，她當然不介意把性當成敲門磚。上過一次床之後，這位垂暮之年才煥發了第二春的老頭子迷死了溫雅，於是答應了小情人的要求，由她的老闆將股價主動打壓百分之三十，然後在這個價位分批「倒倉」給這個老總，隨後，她的老闆付給這位神通廣大的老總一筆八位數的好處費。

這位老總要維持這支股票的股價還是辦得到的，而且他掌握的資金充裕，不必急著抽資出來。最後，溫雅的老闆順利出局，國有企業帳面贏利，那位老總不著痕跡地得到一筆鉅款和一個如意的佳人。溫雅從雙方給付的好處費再加上股票的收益，順利完成了資金翻倍，真是皆大歡喜。

在那之後，她的老闆決定重用溫雅，但溫雅卻辭職不幹了。她年紀輕輕，手上已有了一筆三千萬的鉅款。認識那位高官之後，她有了一位神通廣大的靠山，為什麼還要給人打工？

她成了那位老總的情人，那老頭兒年紀大了，體力不行，再加上有家有業有子有孫，也不能時常在外面過夜，一個月頂多和她秘密幽會兩次。她的付出得到了高昂的回報，通過這個老頭兒洩露的種種消息，她炒股無往而不利。

不過前段時間，那老頭兒突遇車禍，本來傷勢不算嚴重，趁家人不在，老頭兒還給她打了個電話，希望小情人來看看他，享受一下她的溫柔。孰料，樓上樓下地做檢查時，他卻突發腦溢血，當場掛掉了。

失去靠山的溫雅憑自己的能力炒股，屢戰屢敗，屢敗屢戰，偏偏她炒內幕股炒習慣了，向來都是全倉進出，那損失實在難以想像，這麼短的時間，她的資本已經從七千萬縮水成三千萬。

三千萬，對一個普通人來說，是一輩子都賺不完的錢，對一個年輕貌美的女人來說，也足夠一輩子用了。但是曾擁有過七千萬的人，怎捨得拿著只剩下不到一半的資產離開股市？

她現在就像一個輸紅了眼的賭徒，而且是個很好面子的賭徒。由於以往給人留下的炒股無往而不利的好名聲，她輸得這麼慘，還得裝出一副淡然無事的樣子，不願意讓任何人知道她賠得如此淒慘。

她本想投靠張勝，但是輸急了眼的人，需要的是像承諾一樣的安心話，而不是張勝那種猜測和分析，她略作試探便失望了。而且她一直跟的都是動輒啟用資金過億的大老闆，張勝的那點資金量現在還看不進她的眼裏。

她是優勢女人，但她的優勢其實還是來自男人。要維持這優勢，她離不開男人，就像離不開樹的藤。這棵樹倒下了，她需要再找一棵。於是，她又想到了徐海生。

仔細籌措著說辭，一個小時之後，溫雅準時踏進了君王大廈。

今天的公關活動，如果有必要，她不介意再獻出一次自己，就像上次一樣。

然而，儘管她貌美如花，心中還是沒有把握。

美色，對掌握國有資金的假老闆也許能奏效，對掌握著自己鈔票的真老闆到底有多大作用，她一點兒把握都沒有……

這個週末，張勝沒有回家，而是先去了市看守所。年底了，他得去看看文哥了。

一晃出來一年多了，自己在證券市場一番摸索後，也算是站穩了腳跟。屬於自己的資金已經由原來的一百萬變成了一千萬，只有資本市場才有如此點石成金的魔力，如果自己仍固守著匯金旗下的幾個子公司，那現在是什麼樣一種狀況呢？

一想到匯金，張勝眼前就浮現出鍾情的影子，那是他的大本營，是他脫離小工人生活圈子的地方，鍾情還在那裏默默地堅守著，經營著他心靈的寄託。

那天他摟著鍾情的香肩，半開玩笑半認真地說：「現在你也是個身家上千萬的小富婆了，還每日操持著水產市場，這樣事必躬親也太辛苦，還是找個人幫忙打理吧。」

鍾情回眸嬌嗔地看了他一眼，笑道：「我哪有什麼上千萬了，別逗我了。」

張勝含笑道：「你忘了當初我的股市起步資金裏，一百萬裏一大半是你撥過來的？現在一百萬已經變成了一千萬……」

鍾情捂住他的嘴不讓他說下去，溫言道：「勝子，你錯了，那是你的錢，是你在水產公司百分之四十九的股份的贏利，當初我只是不放心，怕你因為是自己的錢就無所顧忌放手去搏，萬一搏輸了呢？」

「還有，我一直覺得股票市場風險太大，稍有不慎，就會一敗塗地，如果有一天你失敗了，那水產公司還給你留著一口氣在，還有翻本的機會，不至於滿盤皆輸。所以，我不會離開水產公司，也不放心交給人打理。我這樣做，是以防萬一，你明白麼？」

一席話說得張勝百感交集：鍾情，我張勝這輩子何德何能，得你相伴一生？

想到鍾情，張勝的嘴角不由得蕩起一抹笑意。

在看守所接待室裏，文哥悠然地看著張勝，一年多不見，這小子開始成熟了，而且正沿著自己設計好的路子一步步前行，成績喜人。雖然他有時有點冒進，但自古財富險中求，如果一味守成，沒有一點兒拚勁闖勁，這樣的人也難堪大用。

從這一年多張勝的股市表現來看，他雖然也拚也闖，但並不盲目，往往謀定而後動，而且有足夠的敏銳性和決斷力，這點兒文哥還是比較滿意的。

一番寒暄後，張勝說明了來意，一是來看望文哥，二是來償還部分欠款的。張勝坦言，經過他在股市中一年多的努力，現在他的資金已有近千萬，但這一次，他只準備拿十分之一來償還欠款，因為他的最終目的，不僅僅是要還清文哥所有的欠款，還要尋求自身的發展。

文哥笑吟吟地看著張勝，緩緩道：「既然你還處於起步階段，需知資金對自己是何等重要，何必先急著還款呢？再說，你也明白，我在這裏並不缺錢用。」

張勝很認真地說：「我知道文哥並不缺錢用，但做人貴而有信，無信則不立。以前是我沒有能力還款，現在有了一定能力了，就應該守信重諾。況且我只是拿出十分之一的資金來還款，這對我將來的發展影響並不大。」

見張勝執意要還款，文哥笑笑，道：「這樣吧，既然你意誠至此，我也不好拂了你的誠意了。這筆錢仍留在你的工作室，我會告訴你一個股票帳號和密碼，你直接管理這個帳戶就行了。」

與文哥談妥之後，張勝心裏有一種很輕鬆的感覺。一直壓在心頭的那塊巨石開始慢慢變輕了。總有一天，他會完全扔掉這塊巨石的，相信這一天不會很遠。張勝心裏輕鬆地想。

臨走時，張勝還向板王打聽清了甄哥的情況，年底了，也該去看看甄哥了。

這之後，他會去上海一趟……

空服員小宋見唐小愛魂不守舍的樣子，不禁奇怪地問道：「小愛，怎麼了？」

「哦，沒事。」

唐小愛從遐想中醒來，眉宇間的憂色還是沒有消除。

上次去徐海生那裏，她正好見到　個女孩從他屋裏走出來，人很漂亮，身段很高，走路時的步伐非常優美，一看就是經過多年舞蹈訓練的。

雖說她闖進去時徐海生衣著整齊，還解釋過那女孩是來應聘的，但是唐小愛並沒有完全相信。招聘需要把人叫進他下榻的住處嗎？她現在有種深深的危機感。

「你呀，現在是商務艙空服人員，打起點精神來。」

「嗯！」唐小愛努力擠出一個笑臉。

經濟艙裏，乘客們堵在狹窄的過道裏，找座位，放箱子，空姐不斷地說著：「請把通道讓出來，請先把通道讓出來。」

商務艙裏，張勝和他的助手已經落座了，小愛和小宋走到身邊，輕聲詢問想喝的飲料。張勝坐在位子上正習慣性地翻著當天的報紙，他的助手低聲詢問了一句，片刻的工夫，兩杯咖啡就端了過來。

張勝沒有抬頭，一直翻閱著各種報紙。他的助手是一個很機靈的年輕人，叫申齋良。張勝的工作室現在已經有了私募投資公司的雛形，身邊只有一個洛菲已經忙不過來了，所以挑選了幾個很出色的年輕人當他的助手，申齋良就是其中之一。

申齋良是他的得力助手，身邊最得心應手的當然還是從剛發跡便跟著他的洛菲。不過洛菲是女孩子，帶她出差難免有人胡亂猜疑，張勝現在已經知道避嫌了。他可以不在乎別人的指指點點，卻不能壞了一個安分守己的小女孩名聲，於是，這次出差便把申齋良帶了來。

張勝現在可以指揮調動的資金已經接近兩億元，他感到指揮起來已經有些吃力，急需充電。這次，他就是去上海同一家大型投資公司老總會晤的，一方面是學習取經，另一方面是想建立彼此的合作關係，同時考察上海的環境，為有朝一日把總部遷到上海做打算。

飛機要起飛了，小宋將飲料杯收了起來。她見唐小愛又發愣，便悄悄用肩膀撞了她一下，向她使個眼色，唐小愛這才反應過來，急忙清了清嗓子拿起話筒：「女士們，先生們，歡迎乘坐本次航班，請您坐在跑道上，繫好安全帶，我們的飛機馬上就要起飛了……」

張勝聞之囧然，他好笑地抬頭看了看這位「天才」空服員，忽然發覺有點兒面熟。美麗的女孩總是令人難忘的，他仔細看了兩眼，已然記起她的身分，記起那次難忘的南國之行與她在飛機上的遭遇。

「這個女孩，該不是小時候有過什麼語言障礙吧，一著急就會說錯話。」張勝想著，笑出了聲。

一年多未見了，她日見成熟，也更顯得美麗。合體的空姐裝，襯托著她凹凸有致的完美身材，由於說錯了話，引得乘客一片笑聲，在商務艙裏也聽得清清楚楚，唐小愛兩頰暈紅，粉如桃花。

她側站在張勝前面，身材苗條，線條優美，尖挺的胸乳斜應著上翹的後臀，中間是窄窄的纖腰相連，構成一個完美的S型曲線，嫋嫋婷婷，錯落有致。她窘得不敢看人，但是即便目不斜視，也讓人覺得餘光瀲灩，眸波動人。還有，她的眼睛和秦若蘭非常相似，張勝的眼睛裏悄然浮起了一種異樣的光芒：若蘭，你在異國他鄉還好嗎？

中齋良把老闆的神情變化完全收進了眼簾，老闆對這個空姐的注視超過了半分鐘，而且眼睛裏有種很特別的東西。

中齋良立即轉頭仔細打量唐小愛，相貌、身材、氣質……他不得不承認，老闆的眼光的確毒辣，不止選股票能選中很多黑馬，就是選妞兒，也無一不是極品。

「看來老闆很喜歡這個空姐……」中齋良悄悄地轉著心思。

下飛機的時候，張勝先走了出去，中齋良提起公事包，走到唐小愛身旁時，順手遞過一張名片，微笑道：「可以把您的聯絡方式給我嗎？」

小宋就在唐小愛對面站著，唐小愛禮貌地搖搖頭，說：「對不起，我們不能給乘客留下自己的聯絡方式，這是違反規定的。」

中齋良笑笑，把名片塞到她手中，向她探探身子，輕而飛快地說：「那麼，你可以打過來，這是我們老總的電話。」

第七章

人心叵測

週二，跌！

週三，跌！

週四，劉經理臉色嚴肅地走到溫雅面前，語氣沉重地說：

「溫小姐，你賠得太多了，你透支了整整六千萬，如果大盤再跌下去，我們營業部就要受到極大損失，所以……很抱歉，今天，你必須平倉。」

溫雅一動不動地坐在那兒，臉色蒼白如紙，一動不動。

爾虞我詐，人心叵測，溫雅終於知道不見刀光劍影的股市是如何的鮮血淋漓。

「溫小姐好漂亮，簡直是天上掉下的仙女呀！」

單大良看到溫雅走進來時，有片刻的失神，然後才驚歎出聲，讚美之情溢於言表。

徐海生介紹道：「這位是山海投資的單老總，這位是溫雅小姐。」

溫雅禮貌地淺淺一笑，和他握了握手，說：「單總，久仰大名。」

徐海生笑道：「溫小姐，單總正在做一票買賣，也許你們能談一談。來來，大家坐下說。」

三個人坐下來，開始邊吃邊談。溫雅端得起身架，卻也放得下姿態，她和兩人巧笑嫣然地說話，舉手投足間便把場面搞得融洽起來，至於她的事情，卻不急著討問。

昨天，她去見了徐海生，希望能跟他合作，或者投到他的門下。徐海生何等老謀深算，一番交談，便不經意地套了她的底兒，掌握了她急於翻本的心態。這可真是「天上掉下個林妹妹」，他正愁手頭的餘貨想拋都拋不出去呢。

老徐手上還有大約一個億的資金套牢在走勢疲弱的鋼鐵股上。現在，有了解決辦法了，一個最古老也最有效的辦法，找替死鬼。

溫雅是最好人選，第一，因為她有錢，而且她以往的信譽極好，她有三比一的透支權力，她手上有三千萬的資金，三比一的透支權，幾乎正好是他們需要套現的資金總量。

第二，她剛剛賠了，賠得極慘，回本的願望極其強烈，否則，在大盤正綿綿下跌的當口，告訴她一支消息股，她也不敢進去，而輸紅了眼的賭徒卻敢冒險。

徐海生沒有露出迫切的表現，也沒把事情往自己身上攬，不過答應給溫雅介紹一位大老闆，說此人正在做一張票，也許可以分她一杯羹。

單大良其實和老徐是合夥人。席間，溫雅討教一些問題，老單對答如流，盡顯一位胸有成竹的機構老總應有的風範，徐海生不失時機地介紹一些單大良做票成功的例子，聽得溫雅大為折服，對單大良越來越信服。

「溫雅一個年輕女人，原本赤條條一無所有，如今坐擁數千萬資產，還不是靠男人得來的？如今，就讓她把這一切還給男人，再赤條條地離開股市吧。」

眼看溫雅漸漸上鉤，徐海生不禁心頭暗笑。

「那麼依單總所見，我應該什麼時候入市呢？」溫雅問道。

單大良歎了口氣：「說實話，現在的盤面，我不看好啊。依我之見，等大盤反轉，恐怕還得很久。不過，也不會這麼一路急跌了，我想……有題材的個股還是有機會的。」

「那你看，哪支個股近日有戲？」

徐海生連忙良言相勸：「溫小姐，手上只要有錢，就永遠都有機會，我是不建議你現在就大舉入場啊。穩妥起見，如果有哪個大機構想做票，你幫著鎖鎖倉，賺得少點兒，但是風險也小。」

「是這個道理。」單大良撣撣煙灰，瞇起眼笑，眼神捉摸不定，就像看著利爪下的一隻小綿羊。

「溫小姐，我看你還是幫著鎖鎖倉算了，再說，你那幾千萬的錢，呵呵，在運作一支股票的時候不過是九牛一毛，你想合作……恕我直言，這點兒資金量還不夠。」

溫雅是跟過大莊家大老闆的，知道他們炒票都是幾個大財團合作，進出動輒數億資金，單大良並沒說謊，便點頭一歎，半嗔半嗲地道：「說的也是，如今行情不好，幫人鎖鎖倉，賺點小錢也好。單總可有什麼好機會嗎？可得幫小妹一把。」

「呵呵，機會嘛，倒是有一個……」單大良目光閃爍著，開始拋出他的誘餌，徐海生搖著酒杯，眼神直入杯底，沉醉地看著那血一樣紅的光影……

「張總，你是聰明人，悟性很高，我見過很多年輕人，卻都沒有你這樣的遠見。難得啊，堅持下去，你將來的成就不可限量！我們贏勝集團願意與你這樣的人建立長期合作夥伴關係。」

贏勝投資公司老總靳在笑說道：「至於搬來上海，我覺得你倒不必著急……現如今是網路時代，在全球任何一個地方，只要你願意，你就是上海這個經濟中心的參與者。」

他坐在三十五層大廈的辦公室裏，向落地窗外微微一揮手，淡然笑道：「就算在這裏，又有多少人只是碌碌無為地在命運的車輪下匆匆而過？它的核心零件未必一定要安在這兒，只要你是大腦，不管距四肢有多遠，一樣指揮它的行動。」

張勝微笑著說：「我這次來，主要目的就是能與靳總會晤，遷至上海暫時只是一個想法。聽君一席話，勝讀十年書，多謝靳總的支持、合作與指教，我想，這兩天的會晤，一定會令我有極大的進步！」

張勝返回L省城時，是十二月十日，星期五。溫雅已經看了兩天的盤，單大良透露了正在運作的那支鋼鐵股後，她並沒有馬上進貨。雖說她一直依賴於一些優勢男人的幫助，其實自己並不擅長炒股，畢竟見多識廣了，她也擔心會被人坑。

老單說他們與人合作都在炒作一支鋼鐵股，可以讓溫雅替他們鎖倉三千萬，待拉升一倍之後，再公佈重大重組消息，然後借利好拉升出貨，待跌至漲幅百分之八十時，再由溫雅出貨。

因為是頭一回合作，彼此還缺乏信任度，所以老單先付給她百分之十的保證金，也就是三百萬，如果她進貨時跌幅達到百分之十，就有權先行斬倉，這樣她也不賠。有了這個保證，對方的誠意已經十分明顯了，所以溫雅十分感激。

這幾天，大盤仍在下跌，單總告訴溫雅的那支鋼鐵股卻很堅挺，一直拒絕下調，時不時地還會翻出紅色，雖然漲幅不大，卻能看出確有主力機構資金在裏面運作，溫雅心裏漸漸有了數。

今天週五，她不想再等了，因為與對方約好的是前天就開始進貨，如果對方現在就發動行情，她再次踏空的話，那是誰也怨不著。

溫雅開始進貨了，資金的異常波動立即被徐海生察覺，他沒有急著出貨，而是安排人邊拋邊進，大單拋，小單進，股價掉多了就買幾票再拉回來，好像遛魚一樣，不但出了貨，而且一直保證盤面是翻紅的，出得非常巧妙。

當天收盤，這支股還是紅盤，而且收盤價非常吉利，十一塊八毛八。

週六的各種證券類報紙大多提到了這支鋼鐵股，換手率、股價的波動、成交量，分析大多認為有莊家在操作該股值得重點關注。

週一一開盤，看到報紙的一些散戶便開始進貨，溫雅著急了，加大了掃貨力度。她的三千萬在週五就已經全部用光了，但是她很貪，和對方約定的是鎖倉三千萬，她仍按照以前跟著自己的大老闆操作時的方式透支吃貨，按照三比一的比例，這一天她吃進了四千萬的存貨，當天這支鋼鐵股再度進入漲幅榜、換手率、成交量三個榜單，似乎印證了股評家們的分析：該股有莊家運作。

週二，溫雅又進了二千萬的貨，貨吃足了。週三，十二月十五日，大盤上漲，大盤成交量較前一日翻了一倍，溫雅吃進的那支股票走勢比大盤還好，漲幅百分之五點六，溫雅進貨才一天，帳面上就贏利五百零四萬。

看來這回真是找對人了，溫雅心花怒放，她已經在想，如果單總那副色瞇瞇的樣子真是對她有意，那麼和他建立長期的、穩定的一種「友誼」也未嘗不可。

她很美麗，看起來也很高貴，但是她就像是一株寄生吸附於其他植物的菟絲花，沒有一個支撐，便無法維持她的生命。

像她這樣的女孩，一旦擊破那層尊嚴的障壁，比任何人都脆弱。從這點上來說，像小璐那樣似一棵青青小草，從來不曾被男人捧上神聖祭壇的女孩，卻比溫雅的意志頑強一萬倍。

然而，週四……黑色星期四又來了。

一根陰線幾乎把頭一天的漲幅全部吃掉，溫雅吃進的股票也不能倖免；週五，又是一根中陰線。

週一，大盤加速下跌，多方幾乎毫無招架之力，每天的最高點就是頭一天的最低點，跟下樓梯似的。

她打電話給徐海生，徐海生一句話便把她堵了回來：「溫小姐，我只是一個中間人，替你們拉拉線而已。這裏邊可沒我什麼事啊，不瞞你說，我的股票也套著呢。」

溫雅再打電話給單大良，單大良苦笑連連：「我的大小姐，不是兄弟不努力啊，你也看到了，整個大盤都在跌，我們也無能為力啊。」

溫雅有點失控地喊了出來：「可是你說過，你們已經完全控盤了！」

單大良冷笑一聲，說：「溫小姐，你怎麼這麼幼稚？我們控盤了也不能在裏邊等死啊？現在是爹死媽嫁人，各人顧各人，我們割肉也是割得血淋淋的，能逃一分是一分吶。」

「咔嚓」，電話無情地撂下了。

溫雅的失控大喊讓大戶室的每個人都聽到了，她臉色蒼白地坐在那兒，一動不動。

爾虞我詐，人心叵測，溫雅終於知道不見刀光劍影的股市是如何的鮮血淋漓。

週二，跌！

週三，跌！

週四，劉經理臉色嚴肅地走到溫雅面前，語氣沉重地說：「溫小姐，你賠得太多了，你透支了整整六千萬，如果大盤再跌下去，我們營業部就要受到極大損失，所以……很抱歉，今天，你必須平倉。」

溫雅一動不動地坐在那兒，臉色蒼白如紙，一動不動。

「溫小姐……」

「……」

「好吧，依據透支協議，我們將代您清倉！」劉經理說完，轉身要走。

「等一等！」張勝攔住了他，他看看泥雕木塑似的溫雅，對劉經理說：「劉總，依我判斷，大盤加速下跌，至少也會有個反彈，能不能再寬宥溫小姐幾天，也許會柳暗花明，至少能讓她少些損失。」

張勝現在是這家營業部的主要客戶，劉總對他很客氣，但是他無法答應這個要求，他面有難色地說：「張先生，我不是趕盡殺絕的小人，我也是食人俸祿，替人做事。今天就是我親爹透支，我也只能平倉。」

「劉總……」

張勝還想勸說，溫小姐忽然幽幽地說：「平了吧，都平了吧，平了吧……平了吧……」那聲音，淒慘幽幽，如同鬼魂嗚咽，聽得張勝也是心中一寒，大戶室裏所有人都心生兔死狐悲之感，一時靜如墳墓。

週五，大盤繼續下跌。溫雅一早跟遊魂似的，還是來到大戶室，往她的座位上一坐，癡癡地盯著電腦螢幕不言不發。

她已經爆倉了，還掉透支款後已不名一文，沒有資格再進大戶室。但是見她這種精神狀態，劉經理也不好說什麼，只得由她去。

新的一週，週一小跌，週二收了顆紅十字星，週三大盤小陽線，週四大盤再收陽線，大盤企穩了，轉機出現了。

收盤後，溫雅盯著電腦螢幕，猛地站了起來，雙手撐著桌子，像打擺子似的渾身發抖。旁邊有個大戶看出情形有異，顧不得她一向不與人交往的高傲，連忙迎上去問道：「溫小姐，你怎麼啦？」

溫雅臉色潮紅如血，她伸出一根手指，哆哆嗦嗦地指著盤面，突然一張嘴，一口鮮血噴了出去，濺得電腦螢幕上全是鮮血，豔若桃花。

這一天，是十二月三十日，一九九九年的最後一個交易日。

洪胖子走了，帶著幾十萬殘餘資金，黯然離開大戶室。

溫小姐走了，孑然一身，唇邊還帶著淒豔的血。

新的一年來了。

二〇〇〇年，是充滿希望的一年。

一九九九年的結尾，那魚鉤般上翹的走勢圖，就預示了這一年的行情。慢牛漫漫登山路，蕭條的股市重新有了春天的溫暖，新的大戶躊躇滿志地走進來，繼續憧憬著發財夢。

張勝在去年這場慘烈的戰爭中成了倖存者和獲益者，但是他眼睜睜地看著大戶們的起伏成敗、悲歡離合，心中暗暗警醒，出道時的鋒芒有所收斂。

洪胖子和溫小姐先後的慘敗，使他深受觸動。他用父親的身分證在一家銀行悄悄辦了一個帳號，以後每賺一筆錢，他都會把利潤的百分之五匯入這個秘密帳號。

張勝的名氣大噪，附著於他共同進退的資金越來越多。正如一個帝國最初也是一些小小的部落聯盟，一群人為了賺錢漸漸向他身邊彙聚，拿破崙稱這種形式為「群英結黨」。

資金量越來越龐大，張勝雖還不具備坐莊的實力和經驗，但是他每次出手，至少都會引起正在坐莊的大戶注意。為了讓自己的投資行動更加隱秘，張勝開始用從上海學來的經驗招兵買馬了。

第一步，他開設了分析室、調研室等幾個有不同側重面的技術支撐部門，著手組建屬於自己的智囊團。

第二步，他派人去鄉下買了幾百個身分證，然後在全城分屬不同證券公司的各個證券交易所開設戶頭。

第三步，招收操盤手。高學歷的一概不要，聰明機靈的一概不要，由這些人散佈在不同的交易所，每次建倉或出局，他足不出戶，只在工作室內發佈指令，這些人就按他的命令買入或賣出。

為了避免操盤手坐轎子、搭順風船建老鼠倉，這些人彼此之間並不認識，也沒有聯繫。他分批建倉或出貨時會分別通知不同的操盤手，每個人接到命令的時間和批次不同，就不知道自己是第幾批接到指令的，讓他買，他也不知道這是大老闆在建倉還是拉升之後穩定股價，自然也無從跟盤。

即便如此，張勝也非常小心，交給他們的電話只許用來接收指令，絕不許挪作他用，每個月會檢查他們的話單、話費。更絕的是，無論這些人表現好壞，從雇傭之日起就已悄悄決定，半年之後解聘再換一批，免得日久生事。

這種「擊鼓傳花」的方法，使得資金運作保證了絕對的嚴密性，幾百個帳戶精密組合，絕不重複，讓你查不出、看不明。除了張氏工作室的核心人員，沒人能掌握他是空倉還是滿倉，是在出貨，還是進貨。

漸漸地，張勝的名氣越來越響亮，他已經成了東北圈內一顆冉冉升起的新星，成為最早建立私募基金的一個風雲人物。

徐海生也在做著同樣的事，他起步早，資金比張勝更加充足，旗下控制著四千多個股票帳號，徐氏基金旗下自有資金六億有餘，再採用向證券公司質押融資、委託理財、銀行貸款等方式，累計集中可用資金十五億以上，這雖不是他的錢，卻賦予了他帝王般的權力。

風頭正勁的張勝和徐氏財團的徐海生，在業內人士眼中，已經是東北私募業的風雲人物。

「小愛，給你的。」徐海生遞給唐小愛一件禮物。

小愛拆開包裝一看，欣喜地叫道：「ＬＶ！謝謝生哥！」

看著她雀躍的樣子，徐海生微微一笑，花點小錢讓女人開心，他喜歡這種感覺。

唐小愛在徐海生臉上親了一下，喜滋滋地拿著包包欣賞一番，然後拿過自己的包，把裏邊的東西換進去。

「嗯？這是什麼？」一張紙片從包包裏飄了出來，正好落實徐海生面前，徐海生把它撿了起來。

「北國證投張勝工作室……」

「啊！」小愛有點慌了：「這名片隨手塞進包包的，放到了夾層裏，結果一直也沒丟掉。」

徐海生雙眼微瞇，臉上還是帶著輕鬆的微笑：「哦，慌張什麼，呵呵，我又不是讓青春拱得滿臉痘痘的毛頭小子，我對自己還是有信心的。」

他攬過小愛的纖腰，讓她坐在自己腿上，在她腮上香了一下，問道：「這人我認識，也是省城證券行業一個了不起的人物。說說看，他怎麼會送你名片的？」

徐海生擁貲十億，可不是張勝那種毛頭小子能比的。眼見自己的金主神色坦然並無醋意，小愛才放心，說道：「我想想，哦，我想起來了，那是年前的事了。有一天他乘飛機去上海，那天我廣播時說錯話被扣了獎金，記得很清楚的，和他一起去的還有一個男人，是他那個同伴……我看像跟班，下飛機時塞給我一張名片，說想結識我啊什麼的……」

「去上海，什麼時候？」

小愛想了想，答道：「十二月……中旬吧，應該就是那前後。」

「十二月中旬……」徐海生沉吟起來，「他年底的時候跑上海去做什麼呢？正是在那前後，他大舉建倉，在最低點抄了個大底，這裏邊到底有什麼內幕？」

徐海生拍拍小愛的翹臀讓她起來，然後蹙著眉在室中踱起步來。

最初，他根本沒把張勝當成對手，但是張勝卻很快在股市裏站住了腳，現在張勝旗下指揮的資金還不及他的三分之一，為什麼被東三省圈內的人士拿來和他相提並論，稱為一字並肩王？因為張勝自入市以來這幾仗打得太漂亮，簡直如有神助！

消息通過張勝所在的營業部大戶室傳播開來後，對他先後幾次關鍵時刻的敏銳感覺，誰能不讚不絕口？

張勝是天生適合吃這口飯，還是幕後有什麼高人操縱？他去上海，帶著一個男人，當然不會是去旅遊，尤其是年末的這個當口兒，他去做什麼？

徐海生越想越覺蹊蹺，曾經在他眼中不屑一顧的小人物，現在快要和他平起平坐了，兩個人還曾經有過一番恩怨，他現在不會不知道徐氏財團的負責人就是自己，可是他從來沒有找過自己，甚至沒有打個電話唾罵他不夠朋友。捉摸不透才可怕呀……徐海生從心底感到一種強大的壓力。

「看來，我一直以來都太輕視張勝這個人了。要打敗對手，就要瞭解對手……」

「生哥，你怎麼了？」唐小愛見他忽然沉思不語，忍不住問道。

徐海生一驚，換上一副笑臉道：「哦，沒什麼，我給你選的這個包包喜歡麼？」

唐小愛喜滋滋地道：「當然啦！」她頓了頓，又說：「只是，這包好貴……」

徐海生笑起來：「貴又如何？這包送得值！哈哈哈哈……」

也許是接受了一九九九年股市大起大落的教訓，二〇〇〇年的行情是穩打穩紮步步盤升的，這樣的慢牛行情是長莊短差兩相宜，張勝現在招攬了一批高手，操作這樣的慢牛行情遊刃有餘，於是張勝便騰出精力成立了一個特別投資部，著手開始研究期貨。

他現在因為部門不斷擴張，因此搬出了證券營業部大戶室，就在旁邊租了上下兩層的樓房，雖然仍打著工作室的招牌，事實上已經形同一支私募資金的總部了。

特別投資部都是他帶過來的老人，包括最得心應手的老部下洛菲。新招募的人都留在大戶室那邊，其中發現特別出色的人才，證實了他們的能力後才會調過來成為核心部門的工作人員。

「啊，諸位仁兄仁姐、賢弟賢妹，桶裝水已經用光了，哪位施以援手，去換上一換吶？」劉斌鴻拱著手，念著道白說道。

劉斌鴻近一米八的個頭，濃密的自然卷黑髮，濃眉俊眼，是個非常帥氣的小夥子。他做過紅馬甲，後來認為在私募發展更有前途，便辭職應聘，成為張勝旗下一員大將。

洛菲正在紙上勾勒著一幅K線圖，聽見他說，白了他一眼，嗔道：「數你喝的多，跟飲牛似的，你不換誰換。」

劉斌鴻嘿嘿地笑：「我說大小姐，哪回不是我換啊？我換的次數夠多了。哎呀，眼瞅著這就變成三個和尚沒水吃了，我不動手還沒人動手了，你老人家就挨著飲水機，就不能換一桶？」

洛菲扮個鬼臉：「不好意思，動手動腳是男人的事，女人只用眼神。」

劉斌鴻立即配合著抱起肚子：「我嘔……」

「喲，幾個月啦？」洛菲捂嘴直笑。

「這得問你呀，我怎麼知道？」

洛菲頓時瞪起眼睛：「怎麼著，給你臉了是不？」

「嗯吶，給我點兒陽光我就腐爛。」

「什麼德性！」

張勝站起來笑道：「喂喂喂，我養著你們可不是打嘴仗的，趕快研究期貨動向，我可不想第一仗就失利。」

洛菲不依不饒地道：「張總，你看他嘛，誰的便宜都占。」

張勝笑著說：「好啦好啦，你別跟地球人一般見識。喂，小劉，你長那麼大個子幹什麼吃的，換水！」

申齋良忙走過去說：「老總，我來吧，我來吧。」

洛菲有了後台，對著劉斌鴻得意地笑。

劉斌鴻見張勝已經出去了，不服氣地瞪了洛菲一眼：「哼，我是好男不跟女鬥！還得意呢，老總叫你別跟地球人一般見識，啥意思你不明白啊？」

「啥意思？你看，果然火星人，這意思地球人都知道，哈哈哈……」

張勝出去，是到旁邊的股票大廳轉轉。他在辦公室裏，通過電腦網路可以隨時調看股票行情，而且能夠看到一些普通散戶看不到的資料。但是他仍喜歡逛交易大廳，站在普通散戶中間，體會他們的喜怒哀樂，他覺得，在那裏才能最直覺地感受到一些東西。

自從年後行情一直是盤升狀態，股民逐漸增多，神態也很悠閒，大廳裏沒有什麼扣人心弦的緊張氣氛。

張勝轉了一圈了，忽地見到柱子旁站著一個穿無袖汗衫的男子，脖子上掛著一條粗粗的金鏈子，嘴裏叼著一根煙，煙灰已經長長的一截，仍是一動不動，他雙眉微微皺著，很有電影裏周星馳一出場的氣派。

張勝看得好笑，湊到他跟前，看了看前邊大盤，問道：「兄弟，買的什麼股啊？」

「媽拉個巴子的，我買什麼股啊，老子天生手氣背啊，我靠，天天這麼漲，我是買啥賠啥，真他媽的邪了。」這人叼著煙頭一陣嘟囔，煙灰簌簌而落，一句話說完，張勝一個字沒聽懂。

那人說完把煙頭一吐，瞪了張勝一眼：「瞅啥，有啥好看的，沒見過股東啊？」

這時，劉經理正好在大廳經過，一見張勝連忙迎上來，笑容可掬地敬煙，陪笑說話。過了一會兒，他上樓去了，那人上下打量著張勝又湊過來。他這一轉正了身子，張勝瞅見他的胸口紋著一隻青色的狼頭，栩栩如生，增添幾分狠氣。

「嘿，我說哥兒們，這兒的經理對你都挺客氣啊，你什麼來頭啊，兄弟辛一鋒，就混這一片的，你幫兄弟選支股看看？」

張勝呵呵一笑：「你老兄原來買的什麼呀？」

「我買過海虹控股，後來換了世紀星源，前兩天剛買進珠江實業。」

「哦，都不錯啊，這陣子都有行情嘛，尤其是海虹控股，恭喜你呀，賺了多少？」

「我賺……我賺……我賺個屁啊，全賠啦！」

「怎麼會？你多少錢買的呀？」

聽了辛　鋒報上的價位，張勝也無語了，這人真是極品，全是最高價位進貨，幫人接下最後一塊燒餅，多麼無私的綠林好漢啊。

「哥兒們，瞅你像個能人啊，幫著選支股？」

「咳，要我說，你不該進這一行啊。」

辛一鋒一拍大腿：「嗨，我現在知道了，可我不甘心啊！我要走也得回了本走，我賺錢容易嗎？那全是打打殺殺的血汗錢吶。」

張勝一聽嚇了一跳，那人說：「哥兒們，幫著選一個吧。」

「好吧，」張勝覺得好笑，拍拍他肩膀說：「就一次啊，回本走人。你買深科技吧。」

「啥時候買？」

「現在！」

「啥時候賣呀？」

「夠本就出吧，漲百分之三十該差不多你回本了。」

「嘿嘿，真的？那我還能多拿些時候不？我能賺多少？」

張勝：「……」

「你啥表情啊？大哥。」

「唉，古人云：可憐之人，必有可恨之處！」

辛一鋒：「……」

張勝告訴他一個消息，便轉身離開了。有時發發善心，很有一種江湖好漢路見不平的快感。當然，這種奢侈的享受也只有處於他這種地位的人才有資格享受。現在，有些股民的喜怒哀樂甚至可以由他來操縱，小樹苗壯成長為穿天楊，他現在可是東北私募界最年輕的王。

第八章

無法重拾的愛

熾烈的愛不會永遠燃燒，哪怕是最傾心相戀的愛人，
天長日久，最初的熱戀也會變成淡淡雋永的一種情感，
彼此熟悉了對方的存在，就像生來使然的一種存在。
而這種愛一旦沒有結果，彼此又沒有怨恨，
那麼就會悄悄轉化成一種特別的感情，介於親情與友情之間。
看到這種眼神，張勝心裏既無奈又酸楚，
一直以來，兩個人之間走得太遠太遠了。
即便現在知道了真相，他們還能回頭麼？

週日，張勝回了家。

弟弟張清的女兒一歲多了，一家人已經搬回自己的住處，這裏只剩下了老倆口兒。老夫妻一到週日就包餃子，這是家裏多少年的習慣了。

張勝很喜歡吃自家的餃子，他覺得任何一家大酒店的水餃，都沒有自家包的味兒香。不過以前張勝吃餃子，家裏得單獨給他包一份，因以前家裏只要包餃子就是半碗肥肉塊倒進餡裏，而張勝不吃肥肉。這些年老倆口也改了習慣，已經不吃肥肉了，倒不必多費一番事。

吃著水餃，聊著家常，老太太憂心忡忡地又提起了張勝的終身大事。

「我說老大啊，你和小璐那事都過去一年多了，我也不說啥了。唉，弄得這孩子跟我直見外，搬走都不跟我說一聲。現在，你老大不小的了，已經二十九了，我們老倆口還能活多少年？你不能讓我們倆臨閉眼都見不到自己的親孫子吧？不孝有三，無後為大，你的終身大事，什麼時候才能考慮？」

「媽……」張勝臉露窘色。

張父歎了口氣，說：「兒子，以前我從來不說，你大了，一些事不用我們操心。不過說起來，你這歲數是差不多了，就說是先立業後成家吧，現在也該成個家了，你是該考慮一下終身大事了。」

老爸輕易不摻和這事，偶爾說一回，那話的分量在心裏就要重得多，張勝不敢再言語了。

張母瞟了他一眼，說：「不管怎麼著，你得給我們老倆口找個兒媳婦回來。你看著辦吧，如果三個月內還沒消息，那我就托老鄰居和你爸的老戰友們幫我張羅。」

張勝苦著臉道：「媽，怎麼突然說起這事了？」

張母生氣地道：「怎麼叫突然說呢？我都說了幾年了，你眼看著就奔三十的人了，這男人要是不結婚，他就是八十了，瞅著也是吊兒郎當不務正業。」

「好好好，媽別生氣，吃飯吃飯，我找，我找還不成嗎？」張勝苦笑著說。

「好，這可你說的。給你三個月期限，你得給我們領回個兒媳婦來。」張母可逮著這句話了，興奮地說。

張勝苦著臉道：「媽呀……用不著這麼急吧，找對象那也得有合適的呀，我哪能說三個月就三個月，保證給你領個大閨女回來呀？」

「怎麼不能，就你現在這能耐，我還不信了，找對象有啥難的？和你從小一塊長大的二老肥，交往半年就結婚了，結婚六個月大胖小子都生了，你還不如二老肥？」

張勝一個餃子咬了一半，嘴裏像含著口黃連，可憐巴巴地瞅著娘。

張父把盤子往他跟前一推：「好了好了，吃飯吧，就這麼定了。」

張勝一見這回爸媽達成了統一戰線，知道說也沒用，便聰明地不再接話了。其實他心裏倒想把鍾情給領回家，但是鍾情說得對，他冷靜下來想了想，也知道絕對沒有這個可能。爸媽都是老實的工人出身，一輩子也沒聽說過那麼驚世駭俗的事。一旦他們從那些喜好八卦的婆婆大娘們嘴裏聽說了鍾情的過去，摸清了鍾情的底，那還不天塌地陷了？老人家再怎麼開明，也怕成為別人的笑柄，怕走出家門被人捅脊樑骨呀。

父母要求的這事，他會說給鍾情聽的。鍾情如果有一天想離開他，他決不怨尤；如果鍾情願意留在他身邊，那麼他無論娶誰，都不會棄鍾情於不顧的。制度、律條，都去他媽的蛋；千夫所指、為人詬病又奈我何？怎麼活都是這一輩子，不能娶鍾情已是虧欠了她，決不能再負她。張勝暗暗打算著，由著老倆口在那裏安排。

「對了，勝子啊，聽說你姑病了，吃完飯我和你爸要去你姑家看看，你替我去慈恩寺上個香去。」

「上香？哪天你再去不成嗎？」

「你這孩子，菩薩面前許下的願，哪能隨便推？得罪了菩薩可不得了。」

張勝一聽，想起這是自己入獄後母親在佛前許下的願，只要他平安出獄，年年三月五號，都會去佛前頂禮膜拜，燒香敬佛，不管菩薩靈不靈，這是慈母愛子的一片心意。去拜拜也好，求佛祖保佑爸媽身體健康，長命百歲，也算報答父母慈恩的一片心意。張勝不敢玩笑，恭敬地應了一聲。

飯後，張勝開車先送爸媽去姑媽家。他現在買了輛帕薩特作為自用車，出行很方便。到了姑媽家，問過了姑媽的病情，一番寒暄之後，張勝便出了門，把車駛向城東的慈恩寺。臨下樓時，還被張母追到門口提醒，順便在寺裏替姑媽燒炷香，求菩薩保佑她早日康復。

慈恩寺裏，鄭小璐正在佛前長跪，雙手合十，靜靜祈禱。很多年來，她就喜歡在心裏跟自己說話，向幻想中的神祇訴說心事，現在，她越來越需要一種精神寄託。在佛前，她的心靈很恬靜，就像舒緩流動的泉水，讓靈魂得到最大程度的放鬆。

「施主，求支籤吧。」一個和尚見她態度十分虔誠，舉著籤筒迎上前來。

廟裏冷清，不年不節的，來上香的人少，和尚也清苦，解支籤能賺點小錢。鄭小璐不好讓這僧人失望，便苦笑一聲接過了籤筒。

「求些什麼呢？」鄭小璐有些悵然。

「施主，無心勝過有心。」

鄭小璐搖搖頭，又點點頭，不再想個目標，隨意地搖起了籤筒。

「吧嗒」，一支籤落在地上，鄭小璐撿了起來，只見籤文上是四句話：「婚姻原是前生修，何必勞心勤意求，織女未逢七月七，牛郎依舊還牽牛。」

「施主，貧僧來為你解籤吧。」

鄭小璐搖搖頭，摸出兩塊錢來交給和尚，雙手合十施了一禮，輕輕地道：「謝謝師父」，說罷轉身向外走去。

張勝開車趕到慈恩寺門口，停好車子向廟裏走去。走到廟門前時，忽地看到前邊路上有位女孩正獨自行去，那背影特別眼熟。他心裏想著，腳下卻未停，仍向廟裏走去，走到院子裏的巨大香爐前時，忽地站住身子，仔細想了想，轉身又向廟門外跑去。

前方路上行人寥寥，已經不見那個身穿藍色襯衫、格紋筒裙的女孩了，張勝有點兒心神不寧，猶豫著想回廟裏去，躊躇片刻，終於還是拔腿向那女孩消失的方向追了下去。

這一片頭幾年張勝來過，那時這裏還是一片平房區，現在也建成了一幢幢普通的住宅樓，看樣子許多房子剛剛落成不久。這一片地處偏僻，沒有什麼高檔住宅區，所謂的社區也沒有圍牆阻隔，一幢幢走過去，樓群間的通道一目了然，這裏有小商小販，有遛彎的老人，就是沒見到方才那個女孩。

又追過去兩幢樓，忽地見到一處樓門口站著一男一女，那女孩背對著他，衣著體態正是方才所見的女子，張勝急忙走了過去。

「我把孩子交給你，你是怎麼看的，嗯？我昨兒晚上才看到，我家孩子脖子上被抓了三道，血淋淋的，我就這麼一個女兒，你他媽的還當阿姨呢，今天你得給我說道說道。」

「魏大哥，您別生氣。小孩子哪有不淘氣的，你家小辮兒和其他小朋友鬧著玩，不小心被人抓了幾道指印，其實就是三道淺淺的劃痕，我當時看到批評了那孩子，給小辮兒也抹了碘酒，沒有大事的，真是對不起了。」

「你少跟我扯這個，」那男人愈發蠻橫起來：「我魏武的女兒，全家老小誰都不捨得碰一下，那是含在嘴裏怕化了，捧在手裏怕碎了，千小心萬小心的，到了你這兒受了傷了，那要是留下疤，長大了好找對象嗎？不行，你得賠錢。」

那女孩哀求道：「大哥……」

「叫啥也沒用，你不賠錢這事沒完，我攪得你這幼稚園開不下去！」

「大哥……那……得賠多少？」

「你看著給唄。」

「那……那我賠一百成嗎？」

「一百？你打發叫花子吶？沒個三千五千的這事沒完！」

女孩一聽急了：「大哥，你……你這不是訛人嗎？」

「誰他媽訛人？有你這樣說話的嗎？我告訴你，老子不差錢，我就是要個說法。你給不給？」魏武說著，一把扯住了女孩的胳膊。

張勝在後邊已經看清了那女孩的相貌，止是悄然消失許久的小璐，眼見她被人如此欺負，張勝一股無名火騰地燒了起來，他一個箭步躥過去，抓住魏武的手腕，喝道：「放手！」

魏武嚇了一跳，仔細一看，張勝這小夥兒長得雖精神，看體形卻沒他魁梧，頓時又滿臉狂態：「喲，這誰褲襠沒繫好，把你給露出來了，你要耍橫是吧？我女兒在她幼稚園出的事，她不負責誰負責？」

這人整個就一個地痞無賴，張勝氣得火冒三丈，他一下攥緊了拳頭，小璐這時也看清了是他。她不知道張勝怎麼找來的，魏武個子雖不如張勝高，卻長得膀大腰圓、滿臉橫肉，她怕張勝吃虧，連忙上前拉住他，低聲說：「別，別打架。魏大哥家的孩子確實在我那兒受的傷，哪能打孩子家長……」

張勝一聽忍了忍怒火，冷冷問道：「你說吧，多少錢？」

「三……五、五千！」魏武瞪了瞪眼以壯聲勢。

這時，一個叼著煙捲、穿黑色罩衫的漢子晃著膀子從樓洞裏出來，一見兩個男人互相攥著對方手腕，一副劍拔弩張的樣子，「噗哧」一下樂了：「嘿！這剛出門，就看了一套全武行，我說你倆啥毛病啊，這麼瞪能瞪出個屁啊，動手啊！」

張勝看了眼這個缺德帶冒煙的看客，這一看，兩個人都是一愣，那人滿臉驚喜，連連道：「哎呀呀，是你呀？大哥，你……也住這兒？」

張勝正沒好氣，冷冷地道：「不是，我來這兒看……看我妹妹。」

原來，那人正是上週在證券營業部裏被張勝指點過的辛一鋒。他一見是張勝，忙點頭哈腰地笑：「大哥，來看朋友？哈哈哈，我來看我媽的，這真是有緣千里來相會，無緣對面不相識。哦，你們這是……這是怎麼回事兒？」

張勝看了魏武一眼，冷笑道：「我妹妹開幼稚園的，他家孩子被別的孩子撓了一下，來訛人呢。」

「我訛你媽……」魏武一聽張嘴就罵，他一擰張勝手腕，正想再施淫威，「砰」地一下，下巴上挨了一記沖天炮，打得他趔趔趄趄退了幾步。

「哎，你幹什……」魏武話還沒說完，就挨了一個金光燦爛的大嘴巴，臉上頓時映出「五根金條」。

「你……」

「啪！」又是一個大嘴巴。

辛一鋒不見得比他魁梧，但是他動手打人的時候，眼神十分兇狠，面部表情非常猙獰，魏武只是無賴，辛一鋒卻是不折不扣的流氓。這幾巴掌下去，打得他氣焰頓消，知道碰上比他狠的人了，囁嚅著竟不敢說話。

「要錢？要錢買棺材啊？『五毛夠不夠』，不夠我再加『一角』！」

辛一鋒飛起一腳，踹在魏武的小肚子上，魏武悶哼一聲，滿臉痛色。

「夠不夠？孫子！不夠爺爺再送你點兒零花錢！」辛一鋒拳打腳踢，打得魏武狼狽不已。惡人還須惡人磨，那無賴敢跟守法知禮的正經人家撒潑，在真正的流氓面前，卻連屁也不敢放一個。

「這位大哥，你別打了。」小璐漲紅著臉上前攔阻，魏武趁機逃之夭夭。辛一鋒指著他望風而逃的背影罵道：「告訴你，孫子，老子再見你找這小妹的麻煩，打折你那雙兔子腿！他媽的！」

辛一鋒打跑了那個無賴家長，馬上跑回來，陪笑道：「大哥，敢情咱們兩家還鄰居呢。你放心吧，有啥事兒跟我說，那種只會欺負老實人的小癟三不好使，我一個打他八個。啊，這就是咱小妹啊，長得真水靈。」

張勝聽這自來熟的哥兒們說話，只覺啼笑皆非，兩人聊了一會兒，辛一鋒換了張勝指點給他的股票，果然把本賺回來了，他聽了張勝的勸告，把股票賣了，可這一來他的心眼又活絡了，整天在那兒轉悠，想著碰上張勝這個能人，再讓他指點一番。

張勝聽了他吞吞吐吐的話，心裏有點兒好笑。只是人家今天幫了他忙，不好回絕，便告訴他兩支自己比較看好的股票和大致的出貨位，然後又很嚴肅地勸他注意風險，小賺一筆從此遠離，像他這樣不用心琢磨的人不適合在股市發展。

辛一鋒討了個明牌，一時心花怒放，只是連聲道謝，也不知聽沒聽進去，最後千恩萬謝地走了。

張勝回頭看小璐，小璐有點兒不敢與他相對，悄悄地低下了頭：「進……進屋說吧。」她看著腳尖，有點兒忸怩地說。

張勝歎了口氣，跟著她進了樓洞。小璐的家就在一樓，是她租的兩室一廳的房子，房子裏非常簡單，有許多小凳子、長條桌和小黑板，卻沒有床。小璐的床鋪都放在壁櫃裏，晚上把小凳子並成一張床，就和小雨睡在上面。

他們進屋的時候，小雨正乖巧地一個人在屋裏寫字。今天是星期天，這個家庭幼稚園不開門，平時營業時還有兩個本地的女子和她搭夥經營的。

經過詢問，張勝這時才知道她並沒有嫁人，善良的她在柳大哥去世後，勇敢地承擔起為他撫養女兒的責任。而這一誤，使雙方再度陰差陽錯，一別經年。

如今，看著眼前的一切，張勝心中一慘：「小璐，你……花店開不下去了，為什麼不跟我說？」

「我……張不開嘴。」

張勝轉過身，定定地看著她，看得小璐目光一陣遊移，悄然轉開了去。

張勝心裏有些淒涼，小璐對他還有感情，但是經歷了這麼多事、這麼長時間，那種感情已經悄悄發生了變化。她看著他時，有些懼怕、有些逃避，而隱伏其下的卻是關懷和親情，一種孺慕似的感情。

熾烈的愛不會永遠燃燒，哪怕是最傾心相戀的愛人，天長日久，最初的熱戀也會變成淡淡雋永的一種情感，彼此熟悉了對方的存在，就像生來使然的一種存在。而這種愛一旦沒有結果，彼此又沒有怨恨，那麼就會悄悄轉化成一種特別的感情，介於親情與友情之間。

看到這種眼神，張勝心裏既無奈又酸楚，一直以來，兩個人之間走得太遠太遠了。即便現在知道了真相，他們還能回頭麼？經歷了如此多的坎坷是非，兩個人的心都累了，愛的疲勞，讓情火已經不能再像初戀時那般熾烈燃燒。重拾的愛，沒有焚天滅地的熱量，那曾經歷的兩人，又如何撫今追往？

小雨很懂事，窮人家的孩子總是能過早地體會到人間冷暖，世事無常。她認真地寫著字，只會偷偷用亮亮的大眼睛看著這個讓她的媽媽憂傷起來的叔叔。

小璐像一株含羞草，小心翼翼地保護著她的感情，即便熱戀時，她也不會縱情奔放，何況是今時今日？兩人對坐良久無言，過了好長時間，小璐才輕輕地問：「你……怎麼會來這裏？」

「我替媽來上香。」

「哦……」小璐的眼神一陣迷惘，記得當時張勝猶在獄中，是她陪著張勝的媽媽來到慈恩寺。就是那時，伯母在佛前許了願。而第一次走進佛堂，是與張勝結伴同來的，這一切彷彿就在昨天，卻是在昨天的夢裏，想起來好遙遠，霧裏雲煙一般縹緲。

「她……她還好吧？」小璐遲疑了半晌，才吞吞吐吐地問。

「哪有什麼她，我現在孤家寡人一個，快活得很吶，哈哈。」

張勝神經質地笑了幾聲，突然說：「我媽說，我的歲數老大不小了，和我爸商量一番，逼我早點成家。」

「嗯……你……你是該成家了，明年，你都三十歲了。」小璐看著自己的腳尖說。

「我媽說，讓我三個月內給她找個兒媳婦回去。」

小璐吃驚地抬起頭，一碰上張勝的眼神，又垂下眼簾，只是低低嗯了一聲。

張勝見了她的反應，突然身心俱疲，說不出的倦怠。

人生這座山，他還在攀登。回頭看時，昨日花非花，今朝霧非霧，物是人非事事休，不該凋謝的卻已經謝了，他想返身回去再種一個花園，口袋裏卻沒了種子，於是那種熱切便也淡了。

都說初戀如煙花，最為璀璨的美麗，只凝於那綻放的一瞬，而後便是淡淡的消亡。很多時候你心裏還能記得最初的美麗，但卻永遠回不到那綻放的瞬間。

無力感從頭頂蔓延到腳底，張勝 時意興闌珊。

「菲菲、齋良，你們過來一下。」張勝拉開他私人辦公室的門，朝外邊喊了一聲，然後走回辦公桌後坐下。

洛菲蹦蹦跳跳地走過去，笑嘻嘻地拱手道：「得令，不知大人有何吩咐。」

申齋良則是比較隨意地走到張勝面前，臉上掛著恰到好處的親切，又帶點恭敬的微笑。這個特資部的成員大多是年輕人，大家相處十分融洽，平時都喜歡互相開玩笑。張勝也喜歡他們這樣，一個和諧的、輕鬆自由的氛圍，是有助於加強一個團隊的凝聚力的。所以洛菲對他貌似不恭而親切的玩笑，他也從不反對。

張勝頭也不抬地說：「把門關上！」

申齋良忙趕上一步把門帶好。張勝刷刷刷地開出一張支票，遞到申齋良手裏：「你們兩個幫我做件事，要保密，只有你們兩個知道就好，絕對不許第三人知道。」

洛菲和申齋良對視一眼，神色鄭重起來，忙點了點頭。

張勝道：「齋良，你到東城慈恩寺附近看看，找個合適的地方，建一個有規模的幼稚園。那一帶剛剛開發建設成住宅社區，配套設施不全，還沒有一家像樣的幼稚園。」

洛菲心裏的緊張一掃而空，張口結舌地道：「不是吧？老闆，你有錢沒處花了呀，開幼稚園能賺多少錢？你要競爭愛心大使呀。」

張勝笑笑，又遞給她一張紙條，上面寫著鄭小璐的名字、年紀、當初住過的孤兒院，「基建上的事由齋良全程負責，不用你操心，不過建成之後的前期管理工作你要幫著過問一下。這所幼稚園的房產、物產全部落到這個女孩名下，相關手續你來辦。」

「鄭小璐？是個漂亮女孩吧？」洛菲接過紙條看看，滿臉狐疑，似笑非笑地道：「老闆，她是你什麼人？你不會是……在玩金屋藏嬌的把戲吧？」

張勝把臉一板，佯怒道：「哪兒那麼多廢話，再敢囉嗦，我就把你雪櫃藏屍！」

洛菲吐了吐舌頭：「殺人滅口呀？好好好，小的馬上去辦。」

「等等！」

「大人還有何吩咐？」

「嚴格保密，不能讓人知道是我投資興建的……」

洛菲涎著臉笑：「那我說是我投資興建的好了。」

張勝瞪了她一眼，對申齋良說：「你現在就去辦吧。這件事很重要，你要多用點心！」

「老闆放心，我一定辦得妥妥當當！」

申齋良下著保證，為老闆把這麼私密的事交給自己來辦而感到興奮不已。這個女孩不用多說，肯定是老板極寵愛的女人，這事辦好了，自己在老闆心裏的地位必定連上幾個台階。

洛菲見申齋良轉身走了，正要跟著出去，張勝喊住她，說：「等等，我還有話交代。」

「大人請講。」

張勝沉思片刻，慢慢說道：「你去她小時候住的那個孤兒院，查到她所有的親屬關係，然後委託私人偵探社把這些人調查清楚。我需要從這些關係裏，找一個合適的『孤寡老人』或者『曾經欠了她父母人情的人』，做她的『財產饋贈人』，這個人如果不存在，你就製造一個出來，懂麼？」

「……懂了！」

洛菲深深地瞥了張勝一眼，悄悄退了出去。

「費盡心思，如此憐香惜玉，真是難為了他！」

今年的股市行情是慢牛行走勢，要從中賺取更大利潤，除了做波段，更好的辦法就是自己坐莊。徐海生已經有資格做一些中小盤股票的莊家了，他就在用坐莊的手法擴大著自己的財富。

徐海生操縱股價的手法非常老道狠辣，洗盤期間，他經常動用大批小帳戶掛出賣單，讓跟莊者感到主力在出貨，同時又用其他小帳戶不停買單，不僅吃掉自己帳戶拋出的股票，還接走了那些不堅定的投資者籌碼。

在快速拉升期間，他經常用非常凌厲的砸盤手法來洗盤，這種洗盤方法不但最大限度地減少了跟風盤，而且當他在高位拋貨時，適應了這位莊家洗盤手法的散戶已經麻痹了，仍然一廂情願地把出貨砸盤當成洗盤，等到恍然大悟時，眼看著一跌不回頭的股價，他們除了割成一身排骨，絕無第二條路走。

徐海生的野心越來越大，為了能操縱更多的資金，他的投資公司參股新盛證券，建立休戚與共的利益關係後，違法挪用新盛證券公司客戶存放的保證金參與炒股。

此時，張勝開始涉足期貨。那時大陸資本市場還沒有權證這種產品，如果說有什麼東西比股票更賺錢，那就只有期貨了。張勝知道，他的對手徐海生不是笨蛋，要打敗這個人並不容易，他在不斷壯大自己的同時，徐海生也在壯大。

兩個人博弈的戰場是資本市場，這個戰場上有無數的對手，當他們兩個還不能脫穎而出、成為其中的佼佼者時，他們之間就不會爆發直接的戰鬥。這時，他們之間的較量，就體現在誰能斬殺更多的敵人，誰能吸納更大的力量。直到有一天，他們成為統帥級的人物，才有可能讓其他的參與者都成為看客，來看他們之間的一場殊死搏殺。

現在他要追上徐海生，要擁有和他一樣龐大的力量，那就必須得找到比徐海生更快捷、更迅速的斂財途徑，目前來看，這個途徑只有期貨。

期貨市場的收益遠遠大於股市，風險亦然。張勝雖然事先做過詳細調查和準備，仍是慎之又慎，他嚴格規定，投向期貨市場的資金最多只能占全部資金的百分之二十，未經他本人允許，絕對不許超過這個限度。由於準備工作充分，手下幾名操盤手都是經驗老到的證券精英，他進入期貨市場後的幾筆運作收獲不小，這令他大為得意，

這天，剛剛拋掉幾筆大豆和白糖，賺了兩百多萬，張勝高興地說：「諸位同仁辛苦，今晚我請客，咱們到『香味居』喝酒唱歌去！」

幾位特資部的成員一聽頓時歡呼不已。

張勝又對吳忠興說：「老吳，這兩筆操作，你的手法很老到，目光也很準，這個月你的獎金我再加五萬。」

「謝謝老闆！」老吳一聽樂了。

老吳叫吳忠興，從大戶室那邊調過來還不到兩個月，他對股票、證券、期貨均有涉獵，操盤經驗豐富，被張勝慧眼識英雄調了過來。果然，剛到特資部便接連打了幾次勝仗，給張勝賺回了大把的鈔票。

「大媽，你多拿那麼多獎金，今天老闆請，明天可要換你請。」劉斌鴻笑著起哄。

老吳好脾氣地笑：「好好好，我請，我請。」

老吳是特資部歲數最大的人，今年四十出頭，個頭不高，長得白白淨淨、慈眉善目，頷

下刮得乾乾淨淨的，走路時兩條大腿總喜歡夾著，那步伐就有點娘們兒了，所以特資部的幾個人都開玩笑地叫他「大媽」，老吳脾氣好，也不生氣。

張勝正看著他們打鬧，手機忽然響了起來，他拿起電話，裏邊一個驚喜的女孩聲音叫道：「哇！你居然還在！我還以為你從人間消失了呢。」

張勝怔了怔，遲疑道：「你……哪位啊？小姐，你是不是打錯了？」

「沒良心啊，沒良心，說忘就忘了，以前陪我看月亮的時候叫人家小甜甜，現在新人勝舊人了，居然問人家是哪位。」電話裏的女孩玩笑開到一半，自己先「咭咭」地笑起來。

「我的老天！」張勝半張著嘴，叼在嘴唇上的香煙「吧嗒」一下掉到了桌子上：「手機妹妹！你還說我，我才以為你消失了。你自己說，有多久沒有打過我的電話了？」

特資部的幾個人奇怪地看著忘形的大老闆走進裏屋，不知道他叫的「手機妹妹」是何方高人，以前還從未見過老闆這麼失態呢。

洛菲蹙了蹙眉，喃喃道：「咱們大老闆好花心哦，你到底有幾個好妹妹呀？」

劉斌鴻捏著假嗓小聲唱京劇：「我家的妹妹數不清，沒有需要不登門……」

洛菲和他對面坐，聽見他唱抓起個紙團便丟了過去，劉斌鴻拿起報紙便擋了開去，然後向她扮個鬼臉。

張勝辦公室裏。

「你怎麼那麼久不露面？」

張勝和手機妹妹同時問出這句話，不禁一齊笑出聲來。

原來，張勝入獄後，秦若男打過幾次電話都不見人接，慢慢也就淡了。而張勝出獄後，秦若男正好出國去探望妹妹，張勝往回打電話同樣無法打通，以後他投入股市成了弄潮兒，秦若男回國之後，既要忙家裏又要忙工作，都不曾想過再打個電話試試。

今天秦若男清理手機話簿，看到這個久違的電話號碼，想刪又有些捨不得，便嘗試地打了一次，想不到真的打通了。

兩個人深夜談心，向對方訴說過內心最深處的煩惱和憂愁，那種心靈的親近感很容易打破時間形成的隔閡。很快，兩個人重新熟絡起來。

張勝沒有說起自己入獄的事，不管是什麼原因，那種事畢竟不甚光彩。秦若男也沒有提起是去看妹妹才失去了聯絡。她和妹妹感情極好，從英國回來後，她連續幾個月情緒低落，現在想起妹妹毫無起色的病情，想起妹妹可能要一輩子纏綿病榻，她還會黯然神傷，她不想觸及心中的痛。

兩個人都編了個理由，「張老闆因為生病住了一段時間醫院」，「女律師到外地辦理一樁大案」，解釋了失去聯絡的理由。

兩個人在電話裏聊著，儘管隔了一年時光，張勝覺得對方的聲音還是很熟悉，很親切，他忽然說：「喂，手機妹妹。」

「嗯？」

「我們見個面好不好？」

「……」

「怎麼，不願意？」

「我們現在這樣不是挺好嗎？有種神秘感，而且和對方說話不需要什麼拘束，什麼都敢說，都能說。一旦見了面，彼此認識了，可能……就會像普通朋友一樣，會因為認識而給自己加了一層約束。」

張勝歎了口氣，說：「我也是呀。光聽你的聲音，我就可以把你想像成一個溫柔可人、美麗大方的姑娘。真要見了面，一看是個呆板的、醜醜的小姑娘，只怕要滿地找眼鏡了。」

「切！我有那麼差勁嗎？」

張勝忍著笑說：「那就見見！」

「拉倒吧，我不上你的當！」

張勝笑了：「說真的呢，也許你說的有道理。不過……這麼久的朋友，不見一次，心裏總有一種花開無果似的，空落落的。」

秦若男聽著也不禁意動，猶豫片刻，她心頭怦怦跳著，問道：「那……真要見啊？」

「嗯！」

「我……可挺難看的……」

張勝猶豫了，心想：「還是不要打破心中的美好幻想吧？」

「切！」秦若男一聲冷笑：「一聽我醜，打退堂鼓了？」

張勝忙說：「哪能啊，我是怕你自卑，正想怎麼安慰你。其實心靈美才是真的美……」

秦若男樂了：「行了行了，你們男人都這樣，口是心非的，說吧，什麼時候？」

「嗯……今晚我有應酬，明晚吧，我請你吃飯，好嗎？」

「好啊，什麼地方？」

「玫瑰大酒店吧，晚上七點左右，我訂了包間給你打電話，你直接上來就好。」

第九章

手機妹妹的真實身分

「嘿嘿嘿嘿！」張勝雙肘拄在桌上，不懷好意地對著坐立難安的秦若男笑：「手機妹妹、女警官、大律師、N面天使、百變嬌娃啊，嘿嘿嘿嘿……」

秦若男惱羞成怒，杏眼一瞪，惱羞成怒地嬌喝：「那又怎麼樣？」

張勝笑道：「不怎樣，不怎樣，哈哈……」

他打個響指，叫道：「小姐，菜單。」

「我說頭一回聽你說話就覺得特別耳熟呢，這世界真小，原來我們早就見過面了，我卻一直不知道是你。我現在已經不是你的審訊對象了，是不是該告訴我您的芳名了呢，我的女警官。」

太平鎮路口，員警突然多了起來，還設了路障。

正在趕集的人和從集市上出來的人因為要被檢查，所以路堵得厲害，搞得怨聲載道。

一個穿著黑褲白褂的中年漢子隨著人流向前緩慢地移動，看看遠處設下的關卡，他機警地四下觀察著，忽然趁人不注意，向路旁一閃，遁入了一人多高的玉米地。他身邊只有些普通的過路人，見到了也以為是下去解手，根本沒人在意。

此時，秦若男被劉隊叫到了辦公室。

劉隊神情嚴肅地說：「小秦，現在城裏城外主要幹道都設了關卡，正在抓捕一名犯人，這個犯人在本市有個關係很密切的朋友。你做事穩重、為人機警，所以我把這件事交給你，你帶幾個人，密切監視這個犯人的朋友，如果通緝犯人出現，就立即逮捕。」

「是！」秦若男「啪」地一個立正，接受了命令。

「你是頭一次獨自帶隊，我讓老馬跟著你，他馬上就會回隊，老馬經驗豐富，你多聽他的意見。」

老馬是刑警隊的一個主任科員，資歷較老，秦若男應了一聲，又問：「劉隊，我剛才回來時，已經看到路上設卡了，到底出了什麼事？」

劉隊神色凝重地說：「辛莊勞改農場出事了，兩夥犯人鬥毆，其中一夥犯人的老大甄子明把另一夥犯人的大哥老刀捅死了，然後趁亂逃出了勞改隊。這個犯人有人命在身，而且還搶了勞改隊幹事的一把五四式手槍，槍裏有八發子彈，是個極其危險的人物。所以，如果情況危急，你可以酌情行事，將其擊斃。」

「是，他的朋友是什麼人？」

劉隊冷冷一笑，說：「是我們的一位老朋友！」

他轉身從桌上拿起一個文件袋，遞給秦若男：「資料都在這裏。勞改隊的一個犯人被提審時交代說，這個甄哥曾經說過他有一個好哥兒們在本市，據說他和姓刀的犯人之間結怨，也是因為這個人。我們曾經提審過他，為了逃避審訊，他還非禮過你。」

秦若男愕然張大了眼睛：「張……張……張勝！」

劉隊贊許地道：「你的記憶力果然非凡，不錯，就是他。現在他混得很不錯啊，是一家證券公司的超級大戶，社會關係非常複雜。甄子明身無分文，無路可走，很有可能來投靠他。這個張勝的資料我已經全調查清楚了，都在這個口袋裏，你回去好好看看，馬上對他實施監控。」

秦若男正望著從文件袋中抽出的照片發呆，聽到劉隊的話，下意識地應了一聲，心事重重地向外走去。

「目標離開辦公室，駕駛一輛帕薩特，只有一個人。」

「好，一組跟上。」

「目標進入金星商業大廈。」

「跟上去，小心一點兒。」秦若男說完，和老馬對視一眼，心情都有點兒緊張。除了頭一次帶隊執行任務，她還摻雜著對張勝的個人感情，所以心裏很是矛盾。如果張勝真是和那個逃犯取得聯繫，她別無選擇，只能親手把他送進監獄。

「目標買了一件東西，現在離開大廈……」

「目標進入玫瑰大酒店。」

「哎呀！」秦若男驚叫一聲，老馬詫異地問：「小秦，怎麼了？」

「哦，沒什麼，各組注意，選擇有利地形，監控目標行動。這裏人員很多，逃犯隨身攜有手槍，如與目標接觸，沒有我的命令，不許貿然行動，以免誤傷無辜。」

秦若男說完，對老馬道：「走，我們進去。」

車子停好，兩個人匆匆走進了酒店。

下午這件案子太急，加上監控對象又是她很熟悉的人，心情很是複雜。忙碌之下，忘了告訴手機哥哥她今晚有要事，直到看見玫瑰大酒店，這才想起來昨天定下的約會，可是現在卻沒機會通知他了。

秦若男暗暗懊惱，只得把這事扔在一邊，先辦案子。

她穿了一套便服，打扮得靚麗動人，和老馬共進酒店，也像是就餐的客人似的，尾隨著張勝上了二樓大廳。張勝對大堂領班說了幾句什麼，然後兩個又是一串對話，最後張勝無奈地笑笑，被帶到了立柱旁一張空位上坐下了。

他左顧右盼的，似乎在找什麼人。秦若男緊張起來：「莫非他和逃犯甄子明已經取得了聯繫？在這種地方會面，雖是大庭廣眾之下，可是酒店人流量大，各個門口四通八達，一旦製造混亂很容易趁亂逃走。」

她連忙和老馬耳語兩句，兩人分開，分別走向左右兩個路口處，站在欄杆旁成犄角狀，把張勝控制在他們的視線之內。

手機突然響了，秦若男嚇了一跳。今天真是張惶，出來執行任務，手機也忘了關掉。她見所有組員已經各就各位，便轉身扶著欄杆，飛快地取出手機。

「喂？」秦若男捂著手機小聲地說。

「手機妹妹，你老人家到了沒有呀，有沒有打扮得漂漂亮亮的？」電話裏傳出張勝的玩笑聲。

「哎呀！」

「怎麼了？」

「我……我在忙一個案子，忘了告訴你了。」

張勝說：「不是吧，現在是休息時間。有什麼案子忙到這種程度？我說律師大人，總理都沒你這麼忙，我現在已經到了，你一定要連夜整理卷宗嗎？哦，不對啊，電話裏聲音挺吵的，你出來了？」

秦若男苦笑連連，只好柔聲哄他：「好哥哥，放我一馬吧。我在工作啊，我現在就在玫瑰大酒店二樓大廳。不過走不開啊。哦，身邊有客人和同事，真的不方便。你在哪個包間呀，我要是抽得出時間，就上去見見你。」

張勝喜道：「你在大廳？哈哈，我也在二樓大廳，不好意思，我來得晚了，哪知生意那麼火，包間全滿了。我在一根立柱旁邊，身後有個餐具櫃的地方，你在哪兒呢？」

他說著，伸著脖子四下打量，尋找著穿一身黑西裝、頭髮一絲不苟、戴著金絲邊或黑框眼鏡的女性知識份子。在他印象中，手機妹妹大概就是這副形象。

「立柱、餐具櫃！」秦若男愕然，她攸然回頭，大廳裏柱子不少，但是只有一個柱子旁邊放著餐具櫃，櫃檯上還擺著一束塑膠花。

餐櫃旁的那張桌前，坐著她的監控對象，曾經有恩於她、曾經忘記了員警與犯人的身分打趣說笑的張勝。

秦若男只回頭看了一眼，就趕緊轉過頭來，心跳得像要蹦出腔子。

「會是他嗎？不會是他吧？」

怪不得他的聲音、說話的語氣和方式那麼熟悉、那麼親切，原來……這個活生生的大男人就在眼前，他們之間曾經是女警和犯人的關係，而且……在更早之前，他們電話聊天時，彼此還曾說過一些私密的兩性話題，存在著一種不明晰的曖昧關係。

一想至此，秦若男羞憤欲絕。

張勝的目光匆匆掃過二樓大廳的食客，只看到一個女孩正在打電話。

她倚在二樓的欄杆上，面朝著一樓樓下，手裏舉著手機。看她的背影，一副修長窈窕的好身材，上身一件乳白色羅衫，纖腰下是淡灰色短A裙，盈盈圓圓的臀部把短裙拱起一個誘人的半圓，整條雪白光潔的大腿幾乎是裸露的，讓人看得心蕩神馳。可能是皮膚光滑白膩的關係，裸露的大腿上沒有穿絲襪，而小腿則套著雙針織鏤空蕾絲花邊的黑色騎士靴，辛辣中透著十足的女人味。

「是她？哇！就算長得醜點，光是這副好身材也足以顛倒眾生了。」張勝又驚又喜，舉著手機向她走去。

「小秦注意，他向你的方向走過來了。」耳機裏突然傳出刑警老馬警示的聲音。

秦若男一聽，頓時石化了一般，雙腿打戰，頸子都僵硬得不能動了。

「她就是手機妹妹？」張勝心裏也十分好奇，他站在女孩背後三米遠的地方，舉著手機說：「喂，我看到你了，你頭頂是什麼東西？」

「什麼？」秦若男下意識地抬頭看去，頭上是三樓大廳懸掛下來的水晶宮燈，照得大堂通明一片，除此之外並沒有什麼東西。

張勝一見她抬頭，已經確認是她，他快步繞到秦若男前面，笑瞇瞇地道：「嗨，手機妹妹……」

秦若男激靈一下，頭再低下來時，張勝的笑容僵在臉上，嘴巴張著，一隻手半伸出去，停在半空中。

秦若男抿了抿嘴，像是想笑，可是嘴角只是抽動了幾下，似笑像哭，一臉尷尬，那表情說不出的精彩。

她窘極了，恨不得腳底下突然出現一個大洞，刷地一下消失掉。她唯一還能想起來的，就是掩了掩衣襟，其實別在內衣上的微型對講器根本不會被人看見。她明明是來捉賊的，偏偏心亂如麻，像是做賊的當場被人捉住。

「你……你……」張勝先是滿臉驚訝，然後慢慢變成恍然大悟的表情。腦海裏手機妹妹虛無縹緲的形象和這位女警花漸漸融合起來，一刹那間，他便知道眼前的她就是她了。

「原來是你？」

「不是我！」秦若男臉紅紅地否認，轉身就想逃走。

張勝一個箭步擋在她的面前，「啪」地一個立正，大聲說道：「報告警官，一〇七〇向您報到！」

張勝聲音嘹亮，大廳裏正在用餐的客人刷地一下，全部扭頭朝這兒看來。

秦若男窘得臉孔通紅，張勝卻哈哈大笑，人生之快意，真是莫過於此。

他惡作劇地開個玩笑，便毫不見外地去拉她的手，喜滋滋地往座位上走：「來，咱們坐下說。原來她便是你，你便是她。」

秦若男窘得滿頭細汗，偷偷看去，扮作食客的老劉舉著一杯啤酒，嘴巴半張著坐在椅子上如泥雕木塑一般。另一頭兩個年輕的夥伴更是兩眼發直，耳機裏，老馬用一種機械的聲調說著話：「小秦，發生了什麼事？」

秦若男做了個掠頭髮的姿勢，把話筒也關了，頓時和其他人失去了聯繫。

靠近柱子的七號桌，一對衣著打扮、相貌氣質般配的青年男女坐下了，看起來兩個人像是一對小情侶，男的滿臉是笑，不斷逗著對面的女孩說話。而那女孩忸忸怩怩，滿面羞紅。

從未見過秦若男如此女人味的刑警小王像做夢似的，對小楊說：「楊哥，怎麼回事？目標怎麼把她拉過去了？」

小楊莫名其妙地說：「我怎麼知道？照理說，不能啊，他們能有什麼交集？上次我們去看守所審過這小子，他為了逃避審訊，借傷住院，還非禮過小秦，怎麼……怎麼現在……」

「啊！原來偷吻過秦妹妹的人就是他呀？」

小王羨慕地看了張勝一眼：「嘖，瞧人家那福氣。不過……秦妹妹怎麼對他這態度啊，莫非是因吻生愛？」

「你少瞎扯！」

「不然為啥？你看秦妹妹那態度，就跟剛過門兒的小媳婦似的，那個嬌羞欲滴。」小王狠狠一拍大腿，悻悻然地道：「早知這樣就追得上，我早就親了，寧可被她打到住院。」

小楊用怪異的眼神瞅了瞅他。小王翻翻白眼，問道：「楊哥，你瞅我幹啥？」

小楊沒好氣地哼了一聲：「我呸！要是這招好使，現在你得管她叫嫂子。」

「嘿嘿嘿嘿！」張勝雙肘拄在桌上，不懷好意地對著坐立難安的秦若男笑：「手機妹妹、女警官、大律師、N面天使、百變嬌娃啊，嘿嘿嘿嘿……」

秦若男惱羞成怒，杏眼一瞪，惱羞成怒地嬌喝：「那又怎麼樣？」

張勝笑道：「不怎樣，不怎樣，哈哈……」

他打個響指，叫道：「小姐，菜單。」

「我說頭一回聽你說話就覺得特別耳熟呢，原來我們早就見過面了，我卻一直不知道是你。我現在已經不是你的審訊對象了，是不是該告訴我您的芳名了呢？我的女警官。」

秦若男回了他一個白眼：「憑什麼要告訴你？誰是你的女警官，少跟我套關係。早知是你，我就不來了。」

張勝托著腮幫子滿臉「憂愁」：「說得是啊，我現在也後悔見到你了。」

「為什麼？」秦若男忍不住問道。

張勝幽幽一歎，後悔不迭地說：「本來覺得你很醜，見了也就見了。現在知道你這麼漂亮，可是我們彼此卻是認識的，以後你再也不會跟我暢所欲言了，想想再也不能跟你說曖昧話題，真是痛不欲生。」

秦若男臉紅如血，期期艾艾地道：「你……少跟我胡說八道，誰跟你聊過曖昧話題？」

張勝一臉無辜地眨眨眼睛，說道：「哦，是我記錯了……」

「閉嘴！」秦若男漂亮的大眼睛升起一股殺氣：「信不信我讓你再住一次院？」

張勝從善如流，馬上閉嘴：「啊……今天天氣真好。」

秦若男被他的油嘴滑舌弄得一點兒脾氣都沒有，心裏反而有種很親切的感覺，因為以前在手機裏，兩個人就是這麼拌嘴調笑的，恍惚間，由於彼此身分產生的警惕和隔閡在她的心裏悄悄融化著。

「你……見我做什麼，油嘴滑舌沒點正經，你女朋友呢？」秦若男怕他再說難堪的話，主動往正經話題上引，同時悄悄思考一個想法：「既然他今晚是來見我的，那麼甄子明應該還未和他取得聯繫。他現在是千萬富翁，姓甄的卻是一個通緝逃犯，即便甄子明找到他，他願意冒天下之人不韙幫一個逃犯麼？我們把注意力放在他身上，是不是選錯偵破方向了？」

「女朋友……」張勝悵然片刻，苦澀地一笑：「我跟你說過了，分手了。」

「呸！誰說她啊，我是說那個……那個……」秦若男說著羞紅了臉。

張勝這才恍然，他搖搖頭，頹然道：「她早已遠走他鄉了，現在……呵呵，已經有了一個很優秀的男友，也許快成婚了吧。」

「對不起，我不該提這個話題。」

看到張勝眼中的痛苦之色，秦若男心中憐惜之情油然而起，在她想來，張勝的這個女友大概是見他入獄，這才棄他而去另攀高枝了。

老馬走到張勝背後的位置，悄悄向秦若男打了個手勢，示意她打開對講器。

她突然和監控對象吃起飯來，同事們都莫名其妙，不過現在不是詢問她的時候，老馬只好示意她打開對講器，以便及時瞭解他們之間發生的情況。

秦若男看到了老馬的示意，她無奈之下只好打開對講器，好在方才提起了張勝逝去的兩段感情，他有些傷感，情緒低落，倒沒和她再開什麼過分的玩笑。

這頓飯，是秦若男這一生吃得最辛苦的一頓飯，她神情高度戒備，隨時察言觀色，只要張勝臉上一露出輕鬆調笑的神色，立即便緊張起來，生怕他說出什麼亂七八糟的話來。

她得打起十二分精神，隨時準備打斷張勝有可能曖昧不清的話，以免被同事聽到。屁股坐在椅子上，腰板兒卻挺得直直的，雙腿繃緊，紮著馬步，隨時準備制止張勝嘴裏可能惹出來的禍事，由心到身，苦不堪言。

「你怎麼目不轉睛地看著我呀，是不是覺得我……」張勝話還沒說完，小腿肚上就挨了一腳。他正想「哎喲」一聲怪叫，借勢調笑，抬眼看到秦若男的眼神，便把到嘴邊的話咽了下去。

那眼神裏有一點兒惱羞，還有一點兒焦慮。張勝心想，少了手機的掩飾與媒介，女孩子終究臉嫩，當然覺得比較尷尬。這麼一想，那初見時的口無遮攔便收斂了些。

秦若男見他正經起來，暗暗舒了口氣。

在秦若男的誘導下，兩人的話題漸漸引向現在，兩人此刻正說著張勝出了看守所後的事業發展，張勝感慨地說：「以前……」

秦若男對「以前」二字已經產生了條件反射，一聽他用「以前」開頭，筷子閃電般一探，張勝嘴裏就憑空多了一隻烤大蝦。

「來來，別光說話，吃菜，吃菜！」

秦若男用溫柔的語氣對目瞪口呆的張勝說，同時暗暗咬牙切齒：「好幾個同事在看著，我該怎麼解釋？毀了，我的形象算是徹底被他毀了！這個該死的，我上輩子欠他的……」

這頓如同地獄般煎熬的晚宴終於吃完了，秦若男如蒙大赦，立即起身道：「我……我還有事，先走了。」

張勝好笑地道：「你怎麼像是很怕我似的，哈哈，放心吧，我已經吃飽了，不會吃了你的。既然要走，我送你吧。」

「不不不，不用！」秦若男連忙擺手說：「我自己回家就好了……」

這時，電話響了，張勝拿起一聽，鍾情的聲音響起來：「喂，勝子。」

「我在。」

「嗯，你今晚……過來麼？」

張勝說：「等後天……週六吧，這兩天就不回去了，有什麼事嗎？」

「這樣啊……我二叔從鄉下來了，他想跟你喝酒呢。」

「你二叔？」

「是啊，上次來他還跟你喝過酒呢。呵呵，我家親戚多，你不記得是誰了吧？二叔帶了隻笨雞和野兔，我燉了一大鍋菜呢。」

張勝抬頭看了秦若男一眼，臉上神情不變，呵呵笑道：「哦哦，我想起來了，你二叔可挺能喝的，我一會兒過去吧。」

秦若男趁機說：「你還有事呀，那你忙你的，我先走了。」

張勝站起來說：「那好吧，今天是我考慮不周，沒定好房間，大廳裏太吵了，改天我再隆而重之地請你喝酒。」

秦若男一出酒店，尾隨而來的老馬就追了上來：「小秦，怎麼回事？你被他發現了麼，他怎麼請你喝起酒來了？」

秦若男坐在酒桌旁早想好了說詞，她若無其事地聳聳肩說：「他現在發達了，想在我面前顯擺一下唄。他是知道我的身分的，我怕執意拒絕會打草驚蛇，就跟他敷衍了事。」

老劉從後邊追了上來，匆匆說：「他剛結完賬，馬上就出來了。」

「上車！」秦若男說完，匆匆走向自己的汽車，三個人鑽進車裏，看著張勝從酒店裏走出來，他站在門廊下點了根煙，悠閒自若地抽著煙東張西望了片刻，這才轉著車鑰匙走向自己的帕薩特，發動車子駛出了停車場。

「小楊，你們跟上去！」老馬用對講機通知另兩名刑警，秦若男在一旁給坐鎮刑警隊的劉隊長打電話：「喂，劉隊，我是小秦。我覺得，我們耗費大量警力對張勝實施監控，可能找錯對象了。從今天下午開始監控以來，他的表現非常正常，到目前為止，我認為逃犯甄子明還沒有和他取得聯繫。以他今時今日的地位和財富，他會和一個逃犯扯上關係嗎？我覺得我們還是應該把重點放在……」

劉隊長打斷她的話，問了幾句，秦若男應道：「是，小楊和小王跟上去了……好吧。」

老馬問道：「隊長怎麼說？」

秦若男道：「現在逃犯還沒有一點兒蹤影，隊長的意思是，任何可能的線索都不能放棄。讓小楊和小王繼續跟著他，我們先回隊裏。」

張勝一路強抑著打電話問個究竟的衝動，仍保持著不疾不徐的速度向橋西開發區駛去。鍾情的電話明擺著有重要的事說，但他一時卻想不到會是什麼機密的事，以致她在手機上說得這麼含蓄。張勝甚至懷疑鍾情被人綁架了，可要是那樣，對方該逼她開口索要錢財才對，何必說得這麼隱秘，那是完全沒有必要的。

張勝的車子駛到水產批發市場，門衛開了門，車子停好後他問道：「老胡頭，公司今天沒什麼事吧？」

老胡頭原來是匯金公司的打更老頭，總公司被收歸國有後，就來到了鍾情的水產批發市場。這老頭兒老實厚道，而且是跟著張勝的老人，也是水產批發市場少數幾個知道張勝與鍾情之間真實關係的人，這人嘴很嚴。

老胡頭笑嘻嘻地道：「您回來了呀，公司沒啥事兒，鍾小姐剛才還打過電話，說您一會兒就到，讓我給您留著門兒吶。」

張勝焦慮的心稍稍放了下來，說道：「嗯，好了，你回屋歇著吧，我今晚不走了，門鎖了吧。」

「好勒，好勒，道兒黑，您可慢著點兒。」

張勝上了樓，側耳聽聽房中動靜，然後輕輕敲了敲門，門開了，只有鍾情一個人站在那兒，張勝鬆了口氣，問道：「情兒，你可嚇死我了，我還當你出了什麼事，為什麼突然說那麼奇怪的話？」

鍾情向他身後看看，見沒有什麼人，一把把他拉進了屋，急急地道：「我看偵探片裏有電話監聽，怕員警能聽到我們談話呀，事關重大，怎敢不小心？」

張勝見她無恙，心情放鬆了，笑道：「現在監聽手機，大概也就國安局有那本事吧？要不然所有的黑道都不用混了。到底什麼事？」

鍾情神色凝重地說：「勝子，記得你跟我說在看守所的時候，有個牢頭甄哥是你的朋友，那個甄哥叫什麼名字？」

張勝疑惑地看了他一眼，微蹙著眉想道：「他說過，我一直叫他甄哥，還真沒……啊！

我想起來了，叫甄子明，對對，叫甄子明。因為和香港武打明星甄子丹只有一字之差，我還和他開過玩笑。他怎麼了？」

「你從城裏出來的時候沒遇到路檢？」

「看到了呀，不過我就這麼一個人，員警車裏車外看了看就放行了。」

鍾情吁了口氣，說：「這個甄哥越獄了，現在警方正在搜捕他。」

「什麼？」張勝一下子跳了起來：「越獄了？他白癡啊！當初不過判了三年勞改，再有半年的工夫就出來了，他越獄做什麼？我上次去勞改隊看他，他還好好的，怎麼就……」

鍾情苦笑：「你們男人的事，我怎麼知道？」

張勝目光一轉，變得銳利起來：「甄哥在哪兒，他在你這裏？」

鍾情搖搖頭：「沒有，我下午見過他。他找到這裏來，向老胡頭打聽你，聽說你已經不在這裏，便要他來找我。」

說到這兒，她唇邊露出溫柔的淺笑：「你肯把我介紹給你的朋友知道，我很開心。」

張勝苦笑道：「我的姑奶奶，我現在很開心，就不要卿卿我我的啦，他現在在哪兒？」

鍾情白了他一眼，嗔道：「真是不解風情。現在黑燈瞎火的，急也不急在這一時。」

她掠了掠鬢邊的頭髮，說：「我見了他之後，聽他說明身分，還以為他提前釋放了。誰知道，卻聽說他在獄裏和人衝突，鬧出了人命，於是趁亂逃出了勞改隊。」

這時，張勝漸漸沉住了氣，問道：「後來呢？」

鍾情說：「他……向我打聽你的情況，看得出，他是想尋求你的幫助。我對他說了你的情況，他聽了之後說，他現在身負人命案了，你能有今時今日頗為不易，他不想連累你。」

「他這是屁話！不是他，我現在墳上都長草了。他在哪兒？」

鍾情笑笑，卻難掩眼底的憂色。她希望自己的男人是個有擔當的漢子，可是卻又不可避免地擔心他會受到牽連，甚至重新被關進監獄。

「他說他知道這麼說，你可能會生氣。他讓我告訴你，他想逃，只要有一線希望，他就不想坐以待斃。不過他也知道逃出的希望非常渺茫，為了一個渺茫的希望牽累好朋友不值得。他說，希望你好好考慮清楚，你現在事業有成、家中二老年事又高，再說你完全不懂黑道上的事，如果你不方便幫他，他不會怪你。」

張勝直視著她問：「如果我想幫他，如何找到他？」

鍾情默默地凝視著他，低聲道：「勝子，你決定了？」

張勝苦澀地笑了笑：「我現在過得很好，有車有房，有錢有家，還有一個嫵媚動人的你，說實話，我不想再沾違法之事的邊兒。可是……需要我幫助的人是他，我沒得選擇。」

鍾情的眼簾輕輕垂了下去：「他……搭了公司一輛運水產的車進城了。他說，如果你想見他一面，明晚七點，去斯巴達克舞城，他在那裏等你。」

張勝點點頭：「躲在城外，一個陌生面孔的人是無處可去的，只能藏在荒郊野外，而且想逃離此地更加困難。進城看似進了牢籠，其實反而更安全。」

他想了想又問：「現在家裏有多少錢？」

鍾情說：「現金不多，金庫裏只有四萬多塊，要不我明天去銀行取些？」

張勝搖搖頭：「不用，就拿這些，夠了，多了他也帶不上。」

「好！」鍾情轉身走到臥床裏邊靠牆的金櫃前，撥動密碼，從裏邊拿出四萬塊現金，用報紙包好繫上，遞給張勝：「勝子，光有錢沒用的，鐵路、公路、飛機場，恐怕早就貼滿了通緝令。」

張勝臉色凝重地點了點頭：「我知道，明天我會再想辦法。」

鍾情擔憂地看著他，忽然縱身撲進他懷裏，緊緊抱著他，抱得張勝都有些喘不上氣來。

「情兒……」

「勝子，我好怕，我真的好害怕，你根本沒有接觸過旁門左道的朋友，哪有辦法送他離開，我怕你再被抓起來，怕你離開我……」

「不會的，情兒，別擔心。」張勝輕拍她的背部，柔聲安慰道：「放心吧，我不會魯莽從事。我是去救人，不是想跟他一齊沉進水底。放心吧，我會有辦法的。」

「嗯……」鍾情輕輕離開他的懷抱，握著他的手，低聲說：「你現在就要回城麼？」

「不，我今晚住這裏。」

張勝親昵地在鍾情的臉蛋上刮了一卜，為她刮去一顆晶瑩的淚珠：「要救他離開，我自己的確辦不到，不過我可以找人幫忙，那個人……我晚上是見不到的。」

這一夜，張勝沒有離開。五月的天，風是柔的，透過紗窗，像那柔和的月光一樣，輕輕地拂在他們的身上。良宵美景，正合酒醉桃源、月迷津渡，奈何山月不知心底事，水風空落眼前花，兩個人一時都沒了那個興致。

兩個人合成了一個，只是相擁著說話，輕輕絮語，好久好久，鍾情心中的焦慮和擔憂才減輕了一些。

兩個人稍稍分開，仰臥著，張勝把手枕在腦後，悵悵地望著對面的牆壁。輕風徐拂，樹影在牆上搖曳不已，就像一副動著的水墨畫。

「情兒……上個周日，我回家的時候，媽又催我找對象，讓我早點成家，她給了我三個月期限。這回，我爸也發話了，我想，我沒辦法再拖了。」

鍾情翻了個身，用一雙亮晶晶的眼睛定定地看著他。

張勝心思紛紜，想了半天心事，然後也輕輕翻身，與她側面相對。

「情兒，你……真的不考慮……」

一隻柔荑掩上了他的唇，手指帶著淡淡的香氣，輕輕按了按，那隻手移開了，滑到了他的腰側，握住了他的手。

她幽幽地說：「勝子，有時候，一定想得到什麼，說不定失去的會更多。我明白自己犯過的錯，有些錯是不能犯的，有的錯，是你永遠無法補救的，錯了，無論你付出了多大的心力……都得背負那苦果。你理解我，你的父母也能釋懷麼？這世上，誰為你付出的最多？沒有人比得過你的父母雙親，你能為了我，去傷父母的心嗎？」

張勝默然。

鍾情淒然道：「人這一輩子就活個名聲，老一輩的人尤其講究這個。就算他們能體諒，肯接納我，你能忍心讓他們走出家門被人在背後指指點點，成為大家的笑柄麼？我的事，連我媽都不能釋然，有近一年的時間都不跟我說話……」

說到這裏，鍾情低聲啜泣起來，張勝默默地把鍾情摟在懷裏，輕撫著她的秀髮，不由得也是一聲歎息。

也許鍾情說的是對的，如果當初……沒有執著於小璐的離去，那麼若蘭就不會出國……人不能太貪，想要得到的越多，有時候失去的可能越多。而且，他可以不懼人言，但卻不能不考慮家裏的蒼顏父母。國人的觀念，很難對這種事感到釋然，他也有心無力。

鍾情往他懷裏靠了靠，張勝感覺到她的身體微微有些顫抖，那是從靈魂深處發出的戰慄，她始終還是害怕。

張勝在她耳邊輕輕發下了誓言：「情兒，不要怕，無論如何，我不會丟下你。除非，你自己選擇離開！」

「我不會離開你，除非你不要我了！」

靜了一會兒，鍾情又說：「勝子，你快三十了，是到了成家立業的時候。你需要一個妻子，在身邊照顧你，為你生兒育女，我不想因為我耽誤了你的終身大事。我只求你……以後偶爾還能來看看我，我知道這麼說很自私……很不要臉……」

「啪！」豐臀上挨了一巴掌，很脆，很響。

張勝的聲音透著火氣：「我不許你這麼說我的女人！」

「嗯……」鍾情又往他的懷裏靠了靠。

兩個人靜靜地聽著對方的呼吸和心跳，許久許久，鍾情抬起頭來，張勝感受到她凝視的目光，低下頭去，與她對視著。

「勝子，你真的當我是你的女人，你愛我麼？」

「愛！」

「有多愛？」

張勝也凝視著她，輕輕地撫摸著她柔順的長髮，柔聲說：「吃飯的時候，我想著你做的飯最香；睡覺的時候，我想著你的床最舒服；高興的時候，我想著讓你分享；失意的時候，我喜歡抱著你，嗅著你的清香……這些……夠不夠？」

鍾情忽然一探頭，在他唇上輕輕一吻，柔聲說：「夠了，這些就足夠了，我們睡吧。」

她為張勝扶正了枕頭，然後把自己的枕頭扯近了些，翻身側臥。

她的臉貼著枕巾，那裏很快濕了一塊，潤物無聲。

情與義

張勝愕然，他沒想到文哥竟是這麼一種論調，他的聲調也不覺提高起來：「文哥，他救過我的命！」

文哥怒道：「那又如何？此一時彼一時也。成大事者不拘小節，你怎麼如此婆婆媽媽的？古往今來，以江湖俠客、文人義氣的胸襟去做大事者從無成功之可能。當斷不斷，反受其亂，這是古訓。大丈夫豈能為兄弟義氣、兒女私情所羈絆？」

張勝不服地說：「文哥，我敬你重你，但是你這番話我卻不同意，人非禽獸，焉能不重情義？」

「文哥！」張勝一見文哥進來，忙站了起來。

文先生笑笑，在椅上隨意地坐了，張勝敬上一支煙，給他點著了火。

文哥吸了口煙，徐徐噴將出去，目光盯著張勝，問道：「怎麼，遇到什麼難題了？」

張勝左右看看，俯在桌子上，聲音壓低了一些：「文哥，我有個朋友遇到了麻煩，我想安排他跑路。你也知道，黑道上我沒有什麼神通廣大的朋友，所以來找文哥，希望你能指點一條明路。」

文哥靜靜地看著他，忽然笑了笑：「阿勝，你今天來，真的很搞笑。我本事再大，人也在獄中，我自己都出不去，有什麼本事幫你？如果我有這門路，豈不早就遠走高飛了？」

張勝搖搖頭：「路有大小，道有高低。龍逃不出去，鼠卻可以。」

文哥一笑：「憑什麼認為我有辦法？」

「直覺！」

文哥目光一凝，看他半晌，才吁了口氣道：「說來聽聽，到底是什麼人，讓你如此煞費苦心。」

張勝低聲道：「是甄哥，原來也是這個看守所的，他判了三年，在勞改隊已經待了一年多，再扣去在看守所的拘押期，還有半年就出獄，誰知……他卻突然殺了人，現在搶了一把槍越獄了，我想送他離開這裏，如果有門路，最好再做個身分證。」

「身上有人命案子？」文哥皺了皺眉，臉色沉了下來：「一個正在服刑的犯人，手上還壓了條人命，一旦受到株連，你想到過後果麼？你現在身家千萬，如此成績得來殊為不易，怎麼還和這種人有所牽連？」

張勝愕然，他沒想到文哥竟是這麼一種論調，他的聲調也不覺提高起來：「文哥，他救過我的命！」

文哥怒道：「那又如何？此一時彼一時也。成大事者不拘小節，你怎麼如此婆婆媽媽的？古往今來，以江湖俠客、文人義氣的胸襟去做大事者從無成功之可能。當斷不斷，反受其亂，這是古訓。大丈夫豈能為兄弟義氣、兒女私情所羈絆？」

張勝不服地說：「文哥，我敬你重你，但是你這番話我卻不同意，人非禽獸，焉能不重情義？」

文先生冷冷一笑，說：「韓信為了義氣不肯背漢，身家性命都丟了；李世民為了建立盛唐大業，在玄武門連自己的兩個親兄弟都手刃了！你那種知恩圖報的思想不過是江湖上的小恩小惠，市井之度，難成大器。」

張勝反駁道：「若依文哥所言，我為你一諾，往溫州之行也是不對了？」

文哥撫掌笑道：「一將成名萬骨枯，做大事就該殺伐決斷。義氣是江湖人的根本，卻是成大事者的致命缺點。你若不去，我覺得也沒什麼不對。」

張勝啼笑皆非，他搖搖頭道：「文哥，你我理念，太多不同。我也不想與你爭辯，若是文哥不肯援手，我再另想辦法好了。」

他把帶來的極品雪茄、龍井輕輕放在桌上，站起說道：「文哥，這是兄弟的一點心意。我走了……」

「等一等……」眼看著張勝走到門邊已將出去，一直緊緊盯著他的文先生突然喚住了他。

張勝回過頭，只見文先生沉吟片刻，抬眼說道：「阿勝，你現在富貴榮華，應有盡有。今天幫了他，明日可能便有牢獄之災，你不後悔麼？」

張勝說道：「若說不怕，那是假的。不過，幫，心中不安；不幫，心中也不安。那我便只憑良心做事了。」

文先生嘿嘿兩聲，默然不語。

張勝歎了口氣，說：「文哥，雖說你不肯幫我，不過畢竟是為了我好，我不怪你。文哥，我走了。」

「等一等！」文哥目光一閃，微微笑道：「既然你心甘情願，我何必做這惡人？你去九路市場，找一個叫羅楓璀的人，他在那兒賣水產。你把事情跟他講，就說我要他幫忙，他會幫你辦妥的。」

「羅楓璀？」

「嗯，這個人信得過，你對他不必有所隱瞞。」

張勝一揖到地：「多謝文哥。」

「謝我，有可能拉你回牢裏陪我麼？哈哈哈哈……」文先生大笑而去。

「請問，有個叫羅楓璀的先生是在這兒嗎？」張勝站在九路市場熙熙攘攘的大廳裏，向一個賣螃蟹、泥鰍、凍帶魚的商販問道。

「羅楓璀？幹什麼的啊，從來沒聽說過。」那小販撣了撣煙灰，見不是買東西的客戶，熱情頓減。

張勝看看那長長兩排水產攤子，耐心解釋道：「哦……這位羅先生也是做水產生意的，您認識嗎？我有急事找他。」

「賣水產姓羅的？這兒賣水產的我都認識，就沒一個姓羅的，你找錯地方了吧？」

這時，坐在他旁邊的老婆踢了他一腳：「哎，大炮不是姓羅嗎？」

那小販一拍腦門，笑道：「啊，我倒忘了，炮哥現在是大老闆吶，從來不在櫃檯上忙活，我把他忘了，你是找炮哥嗎？這兒賣水產的可就他一個姓羅的。」

「羅大炮？」張勝隱約覺得這名字有些耳熟，他也不知道這人是不是他要找的羅楓瓘，忙道：「那應該就是他了，請問他在哪兒？」

「來來來，我帶你去。」

一聽是找炮哥的，那小販變得熱情起來，他從攤子裏跳出來，領著張勝便走，走到一個攤位前問了幾句，便帶著張勝走了進去。攤子後面貼牆是個毛玻璃隔斷的小房間，推門進去，一股嗆人的濃煙滾滾而出。

張勝屏住呼吸，定睛一看，四個人有的坐在麻袋上，有的坐在板凳上，中間放個紙殼箱子，正在玩撲克。

「炮哥，有人找你。」那小販喊道。

正對門口的那個人抬起頭來，只見他滿臉貼的都是小紙條，只露出兩隻眼睛，一喘氣兒紙條亂飛，頭頂卻乾乾淨淨的一根毛都沒有。

「誰啊，找我幹屁啊！」他沒好氣地吼，看樣子輸得有點唧唧歪歪的。

「炮哥，請問您大號是叫羅楓璀嗎？」

那人摸摸光腦殼，咧嘴笑起來：「喲呵，居然知道我的大號，誰讓你來的？」

「有位文先生讓我來找你。」張勝拱拱手，笑著說。

「文先生？」那人小眼睛一瞪，忽然在臉上一劃拉，露出一張小眼睛大鼻子嘴巴有點歪的醜臉。

張勝一見就認了出來，果然是羅大炮，他當初成立匯金水產批發市場時拉去的一個大戶，他在全市幾大水產市場都有檔鋪。

「出去，出去，都他媽出去，老子要談生意了。」

羅大炮開口轟人，待大家都出去了，他把房門一關，一扯張勝，問道：「文哥讓你來的？出了什麼事了？」

張勝見他沒認出自己來，也不說破身分，便道：「是，炮哥，我有一個朋友犯了事，想離開此地。文哥說，炮哥也許能幫上我的忙，叫我來找你。」

羅大炮一聽不是文先生出了事，臉上緊張的神色頓時一掃而空：「安排人跑路是吧？這個簡單。既然是文哥的吩咐，沒問題。」

張勝見他滿不在乎的樣子，有點兒不放心，忙說：「炮哥，大意不得，這個人犯的事可不輕，公安布下天羅地網在抓他呢。」

羅大炮嘿嘿一笑，說道：「天羅地網它也有眼兒啊，小雞不撒尿，各有各的道兒，信得過我就不用多說別的，我說能送他走，就有把握讓他離開。」

張勝見他口氣挺大，說道：「好，對了，炮哥，能不能給他做個身分證，再化化妝。不然，怕是離開了也得被抓回來。」

羅大炮嘿嘿一笑，一拍他肩膀道：「安啦，我別的人不認識，就是城狐社鼠下九流的人物認得多，這點事兒，小意思。照片呢？」

張勝愕然道：「什麼照片？」

羅大炮小眼睛一瞪：「你做身分證不用照片的？」

張勝木然片刻，向外指了指：「外……面有……」

羅大炮急得直蹦：「文哥怎麼認識你這麼一號人物，瞅你這個面啊！那你倒是拿給我呀。」

張勝乾笑一聲，說：「光天化日的，不方便拿進來，就在市場門口的通緝令上貼著呢。要不……炮哥得空兒的時候再去揭下來？」

羅大炮的臉皮子一陣抽搐：「……」

傍晚，張勝開車到了「斯巴達克」。

張勝有這裏的貴賓卡，這裏的老闆叫謝如雲，是注資他旗下基金的一個業戶，張勝炒股票炒期貨屢有斬獲，謝老闆把他視為財神，畢恭畢敬地奉送了他一張金卡，不過張勝雖然會跳舞，卻一直沒來過，這還是頭一次在這裏露面。

他把車停在斯巴達克對面的馬路邊，向舞廳正門走去。說起這家省城第一大舞廳的成立，還有一段傳奇歷史。

這裏的老闆謝如雲屬於最早做生意發達起來的一批人，有一次他去上海，晚上見到一處地方足足有兩百多個青年男女等著購票入場。他有些好奇，想湊上去看個究竟，這才發現那兒是一家舞廳。舞廳如此火爆，謝老闆是非常有商業頭腦的一個人，他立即發現了其中的商機，馬上便去見這家舞廳老闆，希望與他在省城聯辦一家分店。

那裏的老闆是一個台灣人，他同意與謝老闆合作，但他不投一文錢，只提供技術、管理和經營模式。即便條件如此苛刻，謝老闆還是同意了。回來後他就開了這家斯巴達克，跟那位台灣老闆合夥做起了生意，這家舞廳果然極為紅火。

這家舞廳的外面是巨石造型，就像一塊塊巨石壘起的一座城堡，門上方是一柄沖霄的巨劍，探出樓頂二十多米，劍頂鐳射亂射，這是這家舞廳外部唯一有燈光的地方。

張勝走到門口，四下看了看，沒有發現什麼異常，這才舉步向內走去。

馬路對面，一輛緩緩行駛中的轎車在他進入舞廳後停了下來。秦若男停下車，向坐鎮刑警隊的隊長報告：「劉隊，目標進了斯巴達克舞廳，我們現在跟進去。」

「好，注意安全，如果有可疑人物與他接觸，切勿在舞廳內動手。」

「是！」

秦若男對老馬、老劉說：「馬哥，你們倆守在門口吧，以防我們跟丟了人，他趁亂走掉，我進去照應一下小楊和小王。」

對面，另一輛車上的小楊和小王在張勝選擇停車地點時就先下了車，先他一步進了舞廳，他們猜測張勝的目標十有八九就是這家舞廳，先走一步自然不易被察覺，兩人進了大廳便放慢了動作，不著痕跡地等著張勝進來。

秦若男看了看身上的衣飾，沒有發現什麼破綻，便打開車門，若無其事地向舞廳走去。

昨夜，小楊和小王一直跟蹤著張勝，張勝的車進了水產批發市場後，兩人便把車停在斜對面的林蔭下，輪流監視，始終不曾再見他出來。

天亮後，他們繼續跟蹤，張勝先回他的投資部轉悠了一圈兒，然後去商場買了雪茄和好茶，緊接著趕去看守所看望他昔日的獄友。出來後張勝又去了水產批發市場，過了大約半個小時，提著一簍螃蟹和兩條魚回了家。

下午他又去了投資部，晚飯是在一家小酒店吃的，然後獨自驅車來到了舞廳。整天的行程實在看不出和那個持槍逃犯有什麼關聯，可是現在那個姓甄的逃犯一直下落不明，他不但身負人命，更重要的是，他身上還有一把槍，這就意味著隨時可能再度發生命案，這才是警方最緊張的事，抓捕工作哪肯放鬆，死馬當成活馬醫，他們現在一面發動警力在各處搜索，一面盯緊了張勝。

舞廳一樓是洗浴和休息大廳，檯球室、棋牌室、放映室等配套設備一應俱全。二樓是音樂西餐廳，大廳可以同時容納三百五十人就餐，兩側的包間還可以一百多人。金色的玻璃旋轉門，四面牆是金色的軟布包，天花板上是金色的希臘雕刻。

餐廳內，金色的法式座椅扶手，金色的餐具邊緣，金色的捆紮餐巾的帶子，金色的迎賓小姐的禮服，耀眼閃爍的金色構成金碧輝煌的流動旋律，耳邊是舞台上女歌手曲調優美的歌唱。

三樓是迪士高酒吧，一進去映入眼簾的就是變幻莫測的光線，主基調是暗紅色，看起來就像科幻世界裏某個先進的外星人宇航飛船的內部。

鐳射燈在瘋狂旋轉，放縱的身影在光束中瘋狂旋轉。舞池的玻璃地板下也有一道道若有若無的光束，忽明忽暗，不斷變幻，就像一朵朵五顏六色的花朵不斷綻放，忽而又全部變成藍色，從最中央開始，迅速向四下蔓延開來，就像海上的浪花四下翻湧。

置身其中，就算最沒有樂感的人，聽著這強勁的音樂，感受著動感十足的舞曲，聽著DJ極具煽動力的語言，以及渾跡人群之中領舞的四十名身高一米七五、體態妖嬈動人，扭動如蛇如魅的舞女，也會不由自主地跟著瘋狂起來。

張勝一路慢悠悠地往上走，左顧右盼，始終沒有見到甄哥的面孔。站在三樓舞廳內，地動山搖般的節奏從四壁傳來，穿透他的身體，身邊盡是忘情搖擺的男男女女，那肢體的動作在有節奏的擺動下顯得極富蠱惑力。

「這廳裏估計至少有五百人。」張勝暗暗皺皺眉，「甄哥選擇這種地方，倒的確是藏身的好地方。開這種場子的人一般都人脈廣泛，勢力很大，警方一般不會進來搜查。再者，這樣的環境，這麼多的人，除非封了場子開燈逐一查驗，否則想找個人簡直是大海撈針。問題是，我要找他也費了勁了。」

他正四下張望著，肩頭突然被人重重地拍了一下，張勝猛一回頭，只見一個男人向一角倏然閃去。那身形在鐳射乍一閃過時，顯得非常熟悉，張勝想也不想，快步跟了上去。

大舞廳四面是小舞廳，燈光更暗，再加上一根根柱子的掩映，顯得比較隱秘。這裏適合那些舞姿不太熟練，或者還不太好意思在大廳裏跟著數百人一齊搖擺的舞客。當然，那些跳得來了電的青年男女，也會漸漸滑向這邊，在比較私密的空間裏調情。

那人一直在向前走，張勝緊緊追去，到了迴廊後半部分，向大舞廳望去，這裏可以看到大舞廳中間那個小高台，高台上有幾根鋼管，幾個長髮飄飄、身穿比基尼的女孩正像午夜的妖魅似的，在上面以誇張的肢體動作做著撩撥人心的姿勢。

前邊是一個環型吧台，旁邊光線黯淡的射燈下還有許多座位，有些跳累了的人正在那兒喝酒喝飲料。吧台再往裏是一間間休息室，房間都不大，玻璃隔斷的，不過花紋貼紙貼得很高，一般來說，踮著腳尖兒也別想看見房間裏的情形。

那人走著走著忽然頓住了腳步，張勝立即趕上去，那人頭也不回地道：「小心點，好像有人追蹤。現在散開，從跳舞的人群裏穿過去，到對面六號休息室後面的洗手間。」

說完，他快走兩步，消失在人潮之中。

那聲音，正是甄哥的。

張勝一陣激動，他回頭看了兩眼，鐳射閃爍之下，人們的動作和身影如同定格一般不斷閃現，很難發現有誰正向他快速靠近。他向右一閃，也躲進了奔放舞動的人群，在山呼海嘯的樂曲聲和群魔亂舞般的肢體掩護下，快速走向舞廳對面……

「甄哥！」

「勝子！」

兩個人像地下工作者似的，擠在一間洗手間裏，緊緊地握住了對方的手。

「勝子，我沒想到你真的會來。」

「甄哥，我倒以為你會通知我再換一個地方，沒想到你對我如此信任。」

甄子明嘿地一笑：「說了你別見怪，我是跟在你後面進來的，不過……我發現有人行蹤詭異，你好像已經被人盯上了。」

張勝緊張起來：「甄哥，我絕對沒對任何人講。」

甄哥打斷他道：「我明白，你自始至終沒向他們看上一眼，我就知道問題所在了。咱們關係不一般，我逃出來了，他們不盯著你反而怪了。再說，你縱然不幫我，也不會出賣我，這點眼力我自信還是有的。」

「甄哥，你還有半年就出獄了，怎麼搞出這麼檔子事來？」

甄子明歎了口氣：「我也不想，本以為可以安安分分熬到出獄，可誰知……冤家路窄，老刀也分到這兒來了。勞改隊裏有個大哥是他的朋友，他見我很快就要出獄，心有不甘，一直想搞我。不過我比他早去了半年，也交下一些朋友，雙方先是小摩擦、小衝突……」

這時有人走進了洗手間，兩人立刻住了嘴，甄哥握緊了懷中的手槍。

那人進來只是小便，片刻的工夫又離開了，甄哥繼續道：「後來越衝突雙方火氣越大，最終變成一場大械鬥。我把老刀幹了，留在那兒只有等死，一不做二不休，我就搶了把槍，逃出了勞改隊，事情就是這樣。」

「甄哥，是我連累了你，你是因為我才跟他結怨的。」

「別說這些沒用的，我要是被抓住，只有死路一條。勝子，你有辦法幫我離開麼？」

「有，我找了絕對可靠的朋友，已經給你鋪好了路，我本想來這帶你離開，可是……如果真有人追蹤，門口一定也有人監控，怎麼離開才好？」

甄哥嘴角抽動了一下，森然一笑：「要製造點混亂，那還不易如反掌？」

張勝一把抓住他的手，堅決地搖了搖頭：「不行！老刀那種人渣，早就該死。就算你不是為了我，我幫你也心中坦然，但是濫殺無辜不行。」

甄哥一愣，笑道：「我有說要殺人麼？只要朝天放上一槍，門口就是站一排防暴員警，也阻止不了我逃出去。」

張勝搖搖頭：「這樣雖逃得出去，不過也暴露了你，搜索圈一縮小，你想離開就難了。我來想辦法。」

張勝蹙著眉頭想了片刻，從懷裏掏出一張金卡，對他說：「你現在拿這張卡上樓，四樓是ＶＩＰ廳，上去後不要亂講話，我和這裏老闆認識，我想辦法讓他送你出去。」

「好！」甄哥既然把身家性命託付給了他，對他倒是絕對信任，他想也不想，接過金卡，推開廁所的門四下掃視一眼，便一手握緊手槍，一手持著金卡，飛身閃了出去。

張勝稍候了片刻，也重新進入了舞廳。

「目標在什麼地方？」

「他鑽進人群就不見了，這鬼地方太亂了！我們找不到他。」

「放心吧，前門後門都有人監視，他走不掉，繼續搜索。」

秦若男一邊與隊友聯絡，一邊沿著舞廳右側迴廊向前走。鐳射燈四下亂掃，她忽然看見一個人影一閃，感覺有些面熟，但是定睛再看時，鐳射燈已經掃向別處，那人遁入暗處不見了，她急忙快步追了上去。

四樓舞廳是「斯巴達克」最高檔、最豪華的所在，也是專門給有錢人消費的地方。絕色的陪舞女郎個個精通六種以上的舞蹈，各種賭博方式、豪華如總統套房的ＶＩＰ包間，沒有金卡是沒有資格上去消費的。讓你花錢還要你覺得是給你面子，這就是謝老闆的經營之道。

白色的大理石旋轉樓梯上去，就是貴賓舞廳的入口。張勝走上樓梯，就被彬彬有禮的服務生攔住了：「先生，請出示您的金卡。」

張勝笑笑說：「哦，我今天忘記帶來了。」

「對不起，先生，我們對您沒有印象，沒有金卡，請恕我們不能讓您上去。」

「呵呵，沒關係，叫你們謝老闆下來領人，就說張勝在此候駕，他會見我的。」

兩個服務生對視一眼，其中一個說：「那麼，先生請稍等。」說完轉身向上走去。片刻的工夫，謝老闆笑吟吟地從樓上走出來，一見張勝眉開眼笑，老遠就張開雙臂，非常熱情地迎上來，大聲說道：「張老弟，哎呀呀，你可算是來啦，哈哈哈，快快請進，快快請進。」

謝如雲在張勝工作室投入一千萬，現在張勝已經為他淨賺了四百六十萬，見了自己的大財神，謝老闆焉能不喜出望外。

「老弟，終於肯賞光啦。我早跟你說過，在我這兒，你可以有天堂一般的享受。」

謝老闆朝張勝擠擠眼睛，曖昧地笑：「看到三樓跳鋼管舞的那些女孩了？夠漂亮吧，身材夠迷人吧，嘿嘿嘿……要是跟三樓的陪舞小姐比，她們連提鞋的資格都沒有。怎麼樣，我找兩個陪陪你。」

又有兩個服務生拉開了四樓的大門，張勝回頭看了一眼，跟著他走了進去。

這時，樓下正四處搜索的秦若男一眼看見張勝那熟悉的身影，她立即向同伴聯絡：「目標進入四樓，日標進入四樓。」

喊了兩遍全無動靜，也不知是她現在所站的位置音樂聲太過巨大，還是耳機線路出現了故障，她又喊了兩遍還是沒有動靜，便氣惱地扯下耳機塞進口袋，匆匆向樓上追去。

三樓大門一關，樓下震耳欲聾的音樂聲便立即被遮罩了，隔音效果非常好。入口一進去，先是一條通道，通道兩旁是兩排原木酒架，上面陳列著從進口的軒尼詩、人頭馬到國產的王朝、張裕等上百種紅酒。

通道盡頭，是一個小型舞廳，兩旁是一張張酒桌，再後面是一間間ＶＩＰ包間。舞台上一支爵士樂隊正演奏著倫巴舞曲，下面有身體曲線誇張得令人流口水的絕色舞娘與一個個大腹便便的男人相擁著正在翩翩起舞，也有人正在兩旁的酒桌上淺酌慢飲，竊竊私語著。

張勝一走進來，甄哥便從座位上站起來，示意他在那兒。甄哥頭上的假髮套在射燈下閃著油亮的光，倒與大廳裏這些油頭粉面的尋歡客們十分相似。

「謝老闆，謝謝你的好意啦。我今天上來，可不是尋歡作樂的，不瞞你說，我是為朋友解圍來的。」

謝如雲一愣：「張老弟，這是何意？」

張勝一指站在一張桌子旁的甄哥，小聲說：「這是我的一個朋友，跟情人在樓下……嘿嘿，誰料他老婆追來了，小舅子又帶了些人堵在樓下。他現在出不去了，江湖救急，得麻煩你神不知鬼不覺地把他送出去。要不然被他老婆抓個正著，哈哈……你知道的嘛……」

「哈哈哈哈……」

謝老闆大笑，回了他一個是男人都瞭解的眼神，連連點頭道：「明白，明白，他……他也是生意上的朋友？」

甄哥身上那套西裝檔次不算低，不過往這兒一站就顯得寒酸了點，氣質也不像個養尊處優的大老闆，謝如雲眼睛何等毒辣，馬上就看出了不同。

張勝忙道：「當然不是，他是……咳咳，有公職的，所以才怕東怕西的嘛。」

謝如雲這才恍然，忙說：「懂了懂了，這事交給我好了。」

他招招手，一個服務生馬上快步走過來，微鞠一躬：「老闆。」

「你帶那位先生從直達電梯下去，然後……」謝如雲對服務生耳語著，那服務生連連點頭。

這時張勝也快步走到甄哥面前，說：「甄哥，如果真的有人追蹤我，我倒不便去送你了。你出去後，立即打車去盛通貨運站，有個叫羅大炮的人在那兒等你。我準備了錢和假身分證，他會送你離開這裏去南方。」

「勝子……」

「張老弟，我都安排好了。」謝如雲笑吟吟地道。

他的聲音打斷了甄哥和張勝的對話，兩人對視一眼，緊緊地握了一下手，千言萬語，一切盡在不言中。

那服務生領著甄哥快速從一條不太引人注意的通道向直達電梯走去。

「閃開，再妨礙我執行公務，我就把你銬起來！」

「老闆，外邊有個女的要上來，被我們阻止了。但她說，認識剛剛上來的這位先生，執意要見他。如果是貴賓的朋友，我們不好得罪，而且……她說她是員警……」一個服務生匆匆跑來，面有難色地說，顯然是怕被老闆責罵。

雖然舞廳裏的人沒有聽到，沒有受到影響，但是坐在靠外側的幾個客人已經向這裏望來，似乎看出了服務生的緊張。

謝如雲臉色頓時一沉，變得極其難看。在這種地方休閒娛樂，除了軟硬體，最重要的就是安全，如果三天兩頭被檢查，那誰還會來？每年也都在供著，怎麼還有人來找他的不是？

他急忙向門口走，張勝也緊張起來，連忙跟上去。他不知道是誰追上來了，怎麼還說認識自己呢？

張勝把西裝上衣解開，從一個經過的服務生托著的盤子裏取過一杯紅酒，又順手攬過了一個舞女的纖腰，這時的形象便十足一個尋歡客的模樣了。那舞女被他摟住，只是嬌嗔一聲，便也挽起他的胳膊，隨著他款款地去了。

「這小腰兒，還真是又軟又滑又細溜，而且隱隱地透著勁道，只是……長這麼高幹嗎？偏還穿上高跟鞋，這一來比我都高了。」

張勝暗暗好笑，殊不知在這裏跳舞的許多大款要比這些美麗的舞娘矮一頭還多，人家要的就是這個味道，推倒一個身材比自己高得多的美人兒，想必心理上也會有種征服的快感。老謝對男人的需求還是非常瞭解的。

「啊，謝老闆，不要緊張，」張勝見到被阻在樓梯上的女孩，心裏先是一跳，隨即突然明白了許多事。他沉住氣，朝謝老闆擠擠眼，悄聲說：「她就是剛剛那哥兒們的老婆，你說她這種身分，那老公出來尋歡作樂哪有不害怕的？哈哈，多虧你把人送走了，死無對證。」

他滿不在乎地打消謝老闆的顧慮，謝老闆一聽原因如此，臉上重新露出笑容。

「謝老闆，這女人厲害著呢，有一回聽說她老公在KTV喝酒，假公濟私帶了一幫員警去臨檢，弄得她老公在朋友面前尷尬不已。不瞞你說……我當時也被按在牆上，好生搜查了一番。這女人，難對付，不過……嘿嘿，我有辦法對付她，你去忙吧，這種抓偷腥老公的話題不方便讓人聽到。」

謝老闆同情地拍拍他肩膀：「老弟，對朋友真夠意思。行，那你處理，我走了。」

「好！」張勝呷了口酒，見謝老闆避開了，便一緊那舞女的纖腰，笑吟吟地迎了下去。

「張勝……」秦若男看到他摟著一個妖嬈的美女走下來，不由脫口叫道。

「莫非他鬼鬼祟祟的，是來這裏尋歡作樂的？我們根本盯錯了目標？」秦若男有些釋然，見他手在那美人腰肢上輕扣著，心裏又有種莫名的不舒服。

張勝把相亮足了，便在那美女翹臀上一拍，輕笑道：「美人兒，你先上去吧，我見見一位老朋友。」

那舞女嫣然一笑，提著裙裾轉身娉娉婷婷地離開了。

「是你啊，我的女警官。你……怎麼在這裏？」張勝微笑道。

「我……在廳裏跳舞，看到你上樓去，所以……」

秦若男一時不知該找什麼理由了，這句話說完，恨得直咬自己的舌頭：「人家又不是你男朋友，上不上樓關你什麼事，你非得追上來幹什麼？眼前的事明擺著，是壞了人家的好事了。」

「你也在這兒跳舞？哈哈，這真是有緣千里來相會，無緣對面不相識。來來來，美麗的小姐，我們一起上去。」張勝說著，像一位英國紳士似的，一手背在後面，微微一躬，然後走過去牽住了她的手。

「啊……不是，我……那個……」秦若男窘得語無倫次，張勝不由分說，牽著她一隻手，昂首挺胸，就像步入婚禮殿堂的一個新郎官，步態優雅地向ＶＩＰ舞廳走去……

「我其實……因為看見了熟人……所以……」

「呵，不用說了。我知道你是因為什麼。」張勝臉上帶著一種神秘的笑容。

「啊？」秦若男心裏一跳：「他知道為什麼？難道……他真的和甄子明有關聯？」

一時間，秦若男也不知是該興奮還是該失望，矛盾之中，她已經被張勝帶到了舞廳裏。

「小姐，請跳支舞，好麼？」張勝彬彬有禮地向她邀請。

「抱歉，我不想跳什麼舞，你最好說清楚，你到底知道什麼，又想做什麼？」秦若男聲音依舊和婉，但眼眸中已染上一層薄怒，身為員警，她不習慣被一個疑犯牽著鼻子走。

張勝笑笑，說道：「好吧，那我們進房間談。」

張勝引著她進了一間ＶＩＰ房，一個服務生見有老闆領了女人進房，立即送來一個果盤，一瓶紅酒、兩隻酒杯，然後走出去，替他們把房門關上。

這裏每間ＶＩＰ休息室都像富麗堂皇的賓館客房，不同的是一面是電影螢幕似的電視牆，其他三面一米以上到兩米之間都是鏡子。這裏隔音效果非常的好，真皮包面的豪華木門一關，外邊的音樂聲全然聽不到了。

「你快說，知道我為什麼跟著你？」秦若男眼睛裏閃著警惕的光。

張勝笑笑，向她靠近一步，慢悠悠地道：「其實……你今晚一直跟著我，是麼？」

「你……胡說什麼？」秦若男嚇了一跳，臉色微微一變。

「難道不是麼？」

張勝一口咬定了她是跟著自己，擠著她往後退，迫使她坐在沙發上，自己也在旁邊坐下，手搭在沙發上，微笑道：「我真的沒想到，你居然喜歡我，而且……還偷偷跟蹤我，我真是太開心了，現在這世道還流行玩暗戀麼？」

「啊？」秦若男的臉騰地一下紅了，她緊張了半天，沒想到張勝原來是如此以為，她啼笑皆非地啐道：「你這是什麼人啊你，也太自戀了，誰喜歡上你了！」

張勝目光炯炯地盯著她，問道：「不是喜歡上了我，那麼你一晚跟著我幹什麼？」

「我……我根本沒跟著你……」秦若男越說越小聲，她總不能說是因為懷疑張勝和一個殺人逃犯有關係，所以才跟在他身邊等待那犯人現身吧？

「呵呵呵……」張勝開心地笑，食指輕浮地勾向秦若男的下巴：「我的女警官，你知道嗎？其實……我也非常喜歡你。」

秦若男的眼裏閃過一絲怒意，她面紅耳赤地打掉他的手：「神經病，我懶得理你。」她氣沖沖地站起來，起身要走。

「別！」張勝一把拉住了她的手腕，深情款款地說：「我知道我不該說，不過……我想讓你知道，我倒真的很喜歡你，接受我的追求好不好？」

「什麼？」秦若男驀然回頭，兩隻眸子睜得好大。她簡直不敢相信自己的耳朵，今天她本來是秘密跟蹤張勝，希圖抓到越獄逃犯的，怎麼成了接受他愛的告白了？

秦若男一顆心跳得飛快，曾經由手機進行過心靈上最深的溝通，他救過自己一次的恩情、在獄中離奇的相逢以及那些拌嘴吵架的日子，一點一滴積累起來的好感就像高峽平湖蓄積的湖水，只靠一道堤壩阻隔著，而那堤壩在張勝向她發表愛的宣言的時候，迅速薄成了一張岌岌可危的紙。

秦若男心慌慌的，竟然不知該如何拒絕，那動搖的眼神將她猶豫的心情暴露無遺。

張勝暗暗得意，心中有種貓戲老鼠般的快感。從知道她今天跟在自己身後那一刻起，他就已經知道對方的目的了，員警在監控他，而她就是執行者。現在甄哥已經離開，拖延她一下，能為甄哥爭取更多的時間，而且……戲弄一個追捕者，還是如此俊俏的追捕者，那真的是一種很有趣的享受。

「從獄中見到你的那一刻起，我的心裏就裝滿了你的倩影。那時候，你坐在審訊台上，而我，是一個任人擺佈的犯人。那種環境對我來說，就是寒冬的黑夜，黯淡無光。你眼中同情憐憫的目光，是這無盡冬夜之中唯一的溫暖，警官，從那時起我就深深地愛上你了。」

「我……我……」秦若男聽得渾身發抖。

張勝繼續用情意綿綿的眼神看她，用甜得膩人的聲調說：「你知道嗎？那時，我的心已是一片死地，寂靜而荒涼；我已不能體會什麼是傷心和痛苦，因為泉眼裏已經沒有汨汨的泉水。直到遇見你，你不覺得這是我們難解的緣分嗎？」

「在那之前，我就已愛上了你的聲音，然後是你的善良和美貌。我內心的歡喜無法言說，卻小心翼翼地將它掩藏著。我好想告訴你我已經愛上了你，可是一個囚犯哪有資格對你表白？在夢裏，我把你的樣子看了一遍又一遍，把你的聲音回味了一次又一次，卻不敢讓你知道我已深陷情網。出獄之後，我更不敢去看你，全因我曾經身分的自卑。」

「今天，是我這一輩子最開心的日子，因為我竟然等到了你的告白。我聽說你在跟著我之後，我的心是如何地顫抖啊，我到現在還不知道你的名字，可我就是有種微妙的感覺，似乎我們曾經相識，似乎我們早已情根深種，你也有這種感覺，對嗎？」

秦若男已經起了一身雞皮疙瘩，她如此美貌，從學校到警校再到工作單位，追求過她的人如過江之鯽，但是就沒一個像張勝說得這麼肉麻兮兮的。

這番話的衝擊就像突然喝乾了一瓶二鍋頭，弄得秦若男的腦袋暈乎乎的，她想反駁，她想辯白，但看著張勝那雙熾熱的眸子，偏又生不起傷害他的勇氣。

張勝說到這兒也覺得差不多了，他把自己也噁心得夠嗆。

「現在，告訴我你的名字，好麼？」張勝柔聲說。

秦若男頭皮一陣發麻，連忙說：「拜託，我沒工夫陪你瘋，我只是……在下面跳舞，看到熟面孔，上來打聲招呼，你別誤會，我……我走了。」

「等等，跳舞是吧？這裏也可以呀，我做你的舞伴。」

「對不起，我喜歡下邊的氣氛。」秦若男漸漸恢復了鎮定，語氣冷淡下來。

「呵呵，那還不簡單？」

張勝聽謝老闆吹噓過他的VIP包房的電腦大螢幕，到這兒來的人當然沒有看電視的，那電視牆一旦播放，就是三樓大廳的跳舞實況。一則，那種山呼海嘯的氣氛很容易讓人High起來，二來嘛，就是對那些大富豪們來說，女人與性愛召之即來，已經沒有太大的興趣，而打開電視牆，有種被數百人圍觀的感覺，心理上的刺激感比較強烈，這時正好試試。

他拿起遙控器一摁，熱血沸騰的音樂聲瞬間包裹住他們兩人，高台上只在身上掛了幾塊布條的舞娘蛇一般扭動，台下是無數條蛇一般舞動的手臂，那場面真是令人心動神搖。

「小姐，可以陪我跳支舞嗎？」

「我要走了……」

「一支，只跳一支！」張勝說著，已經不由分說，搭上了她的纖腰，雙手扶在她的胯部，帶動她柔若無骨的身體。

「天呀，我在做什麼？他是我的跟蹤目標，是一個窩藏犯人的嫌疑人啊，我竟然……答應他共舞……我真的是瘋了！」

秦若男臉頰發燙，豔若桃花，雙眸迷離，她的心掙扎在誘惑與理智之間，那腰肢卻已半推半就地跟著張勝的動作輕輕擺動起來。

張勝從她肩後向前看，瞥見那圓潤高聳的美麗曲線，不由心神一蕩。

秦若男穿著白色襯衫、米色長褲，今天的打扮有點兒中性，但是從頭到腳卻散發著女性特有的溫柔氣質，風情之撩人，令人不由自主地陶醉其中。

張勝本來只是存心戲弄，此時佳人在懷，情欲不由慢慢蕩漾起來。她窈窕的腰肢有著特別的細膩觸感，而向下隆起的曲線，可以讓人意會到是如何迷人，張勝再次怦然心動。

秦若男還沒被人用這麼曖昧的姿勢抱過，嬌羞之下從粉臉到耳根，刷地一下就紅了，可是她恐懼地發現，她不但沒有掙脫，而且內心深處好像很享受他的摟抱。

張勝沒有進行下一步的動作，眼前這個美女有多麼強大的戰鬥力他一清二楚，別看她現在欲拒還迎，好像對他全無抵抗之力，但那只是一個成熟女人對一個本來就充滿好感的男人產生的自然反應，畢竟他們之間聊過許多私密的話題，在自己面前，她就像是透明的，難以擺出冷若冰霜的樣子。

可是如果他敢做出更過分的舉動，一個過肩摔之後恐怕緊跟著就是她的「佛山無影腳」了，張勝可不想把自己玩到醫院裏去。

張勝的手只是若有若無地貼在她的腰肢上，感受著她腰部的柔腴細膩和她身上令人欲醉的女人幽香。張勝最初只是戲弄，現在卻已真的投入進去了，若男也是，女人是最情緒化的動物，她比張勝更早地沉浸在這種頭次體驗的氛圍之中。

不過，她清醒過來得也最早。因為她翹挺的臀部，在扭動的時候時不時碰觸在張勝的小腹部位，張勝也有點兒窘迫，他拿起遙控關了電視，房間裏一下子靜了下來。

秦若男飛快地瞟了他一眼，說：「我……現在可以走了？」

她沒有覺察自己現在的語氣有些軟弱，更透著一些不捨。

此時，張勝真的不捨得她離開了。

剛才那些戲弄的話，是針對她的員警身分，兩人之間進行著一場貓與老鼠的遊戲，而且還是老鼠戲弄貓的遊戲。可是一支舞跳下來，張勝心裏對這個女孩兒倒生出了一點別樣的情愫，想到她就是手機妹妹，在那些長夜相伴的日子裏，兩人之間有傾訴、有笑鬧、還有過那麼多的私密話題，他的一顆心不由得溫柔起來。

「喝杯酒好不好？」張勝柔聲問道。

秦若男的眉毛豎了一下，似乎在忍耐：「張勝！因為我們……之間的友情，所以我才一忍再忍，你可不要得寸進尺。如果你再這麼過分，我們以前的交情就一筆勾銷！」

「我沒做什麼啊，為什麼這麼生氣？」張勝有點兒詫異。

秦若男神色慍怒，臉色潮紅：「要我陪你跳舞，還要陪你喝酒，你當我是什麼人，外邊那些逢場作戲的女人？」

張勝這才恍然，連忙擺手道：「不不，你誤會了，我是真心實意地請你喝酒。」

「身為一名警務人員，我……」

「你今天不是執行公務，我只是作為好朋友，請你喝杯酒。」

秦若男仔細看了看他的神色，確定他沒有調侃的意思，便賭氣似的一屁股坐在沙發上。

張勝莞爾一笑，拿過那瓶價格不菲的法國紅酒，為她和自己斟上了一杯。

「Cheers！」兩隻酒杯發出清脆悅耳的聲音。

這一回，張勝是很認真地問了。他在想，有個員警女朋友也不錯，而且，她心地善良，外剛內柔，相貌更是上上之選，一定能讓老爸老媽大為滿意。

「願意和我來往麼？」

秦若男又窘又羞地把酒杯頓了一下：「你一定要問我這些麼？」

「呵呵，好好，我是不該這麼直接，喝酒！」張勝賊兮兮地笑，雖說是頭一次和秦若男這樣說話，但是兩個人早已有過手機聊天時的那種曖昧感覺，所以一點兒也不覺突兀。

「告訴我名字好不好？」

秦若男用酒杯遮著臉，臉紅紅地白他一眼：「你這人煩不煩，老問人家名字幹什麼？」

「以後我總不能一直叫你女警官吧？」

「什麼以後？」

「你其實懂的，是不是……」

幾杯酒下肚，兩個人的眼神、語氣不知不覺地都曖昧起來……

這種變化，會不會太快了一點？

謝老闆同幾個朋友聊了會兒天，見張勝不知去向，便招過一個服務生問道：「方才那位張先生呢？帶了一位女士上來的那位。」

那個服務生一聽忙道：「張先生領了那位女士進了五號包房。」

謝老闆「哦」了一聲，那服務生見老闆這麼重視張先生，為了顯示自己夠機靈，又補充道：「老闆，您放心好了，您的重要客人，我們一定服務得讓他心滿意足。方才，我給他送了一個果盤，還有一瓶紅酒……」

他剛說到這兒，謝老闆的臉色就不由一變。

原來，他這兒的紅酒是有門道的。為了能讓客人盡興而歸，只要他們邀了舞女進入VIP包房休息，所上的紅酒都加了料。

那是一種進口催情藥粉，無色無味，可迅速融於任何飲料中而不被人察覺。一般來說，這種藥物飲用幾分鐘就能迅速見效，有效刺激性神經中樞和性激素分泌，增強性欲……

謝老闆想到這兒，急忙向五號包房走去，到了門口一看，那服務生還在門上掛了請勿打擾的牌子，謝老闆急出一腦門汗，他想衝進去阻止，又不知兩人現在發展到了什麼程度，萬一兩人赤身裸體的，那豈不惹得他們惱羞成怒？

謝老闆苦笑連連，暗想：「現在只能裝作毫不知情了。再說，那藥只是為了助性，下的劑量還不夠迷亂神智，如果他們真的成了好事，那也是郎有情妾有意，關我屁事？」

「從此以後，這女人心中有愧，自然不好再管她男人，張勝那朋友一頂綠帽換來自由之身，以後尋歡作樂何等逍遙；這少婦俏麗無方，人妻滋味別有不同，張老弟更是豔福不淺；我這兒從此天下太平，再無員警、老婆到此捉姦……嗯，一舉三得，功德無量。張施主以身飼虎，這種精神真是太偉大了。死道友莫死貧道，老衲還是遁了吧……」

謝老闆想到這裏，把心一橫，裝作一副若無其事的模樣，施施然地走了。

「你……靠我這麼近做什麼？」

秦若男雙手撐在沙發上，身子半仰，有點害怕地看著俯得越來越低的張勝。他現在的樣子太有侵略性了，但是精擅搏擊術的秦若男心急氣短，根本沒有想到用暴力制服他的可能。

「不做什麼啊，只是覺得……你的丹唇皓齒，是我見過的最漂亮的唇形。」

秦若男雙手撐著身子，臀部悄悄地往後蹭，期期艾艾地說：「你……你別碰我，別以為我不知道你想幹什麼，我可是學犯罪心理學的。」

張勝被她的表情和有趣的語言逗得心癢癢的，他的眼中露出一絲戲謔的笑意：「哦？那你猜猜看，我要做什麼？」

「你的眼神、動作，還有你言不由衷的話，表示你想……」

「想怎麼樣？繼續猜……」

「唔！」秦若男的雙眸一下瞪得好大好大，因為張勝說完這句話，忽地頸子一沉，迅速地吻住了她的雙唇。

秦若男全身的血液轟地一下湧到了頭頂，雙手雙腳和頭皮像觸了電似的酥酥發麻。她手軟腳軟地躺在那兒，被張勝吮住她的舌頭一陣肆虐。

「住……住手！」秦若男總算從熱吻的迷離中清醒過來，她喘著粗氣低喝，同時冰冷冷的槍口頂在了張勝的太陽穴上。

張勝看了看那柄槍，張勝的老爸當過兵，還是連指導員，當初部隊戰士在山裏打靶的時候，他們這些半大的孩子都跟著玩過槍的，他一眼便看出，保險沒開。

「手機妹妹，你捨得拿槍頂著我？」

張勝的口氣很委屈，尤其「手機妹妹」這個稱呼，聽得秦若男心裏一軟：「誰……誰讓你這樣對我？身為一名警務人員……」

秦若男的臉在三秒鐘內就變成了一塊大紅布，下體傳來異樣的感覺，她又氣又羞，膝蓋一抬，便狠狠頂了張勝一下。好在她還知道手下留情，膝蓋頂在張勝的大腿上。

張勝悶哼一聲，秦若男趁機從他身下鑽出去，非常狼狽地爬了起來。

「我要你！」堅決得不容置疑的聲音，張勝在宣稱他的主權。

秦若男狠狠地瞪他。

那個不要臉的傢伙也不起來，就那麼大模大樣地坐在地上，一臉自信、眼神熾熱：「記著，從現在開始，我要追你！你不許接受別人的追求，手機妹妹，以後就是我的！」

「你神經病！」秦若男狼狽地低叫，轉身就往門口逃。

「喂！先告訴我你的名字！」張勝用丈夫一般的語氣命令。

「休想！」

「你不說，我明天一早就叫人做個人橫幅，到市刑警隊向你示愛，上邊就寫『手機妹妹我愛你！』」

「你這無賴，你敢！」秦若男停下腳步，轉過身氣急敗壞地叫。

「你試試看！」張勝一臉堅決地看著她。

「你……你……」，秦若男沒輒了。

打他，他是手機哥哥，怎麼捨得？不打，怎麼忍得？

秦若男恨得牙根癢癢，可是看張勝那眼神，這傢伙十有八九真的做得出那種不要臉的事，那樣一來，自己還有臉在同事們面前露面嗎？

她恨恨地一跺腳，拉開房門便走，閃出房門的一剎那，丟下一句話：「該死的！算我怕了你，我叫秦若男！」

請續看《獵財筆記》之七 億元之搏

獵財筆記 之六 富貴風險

作者：月關
發行人：陳曉林
出版所：風雲時代出版股份有限公司
地址：105台北市民生東路五段178號7樓之3
風雲書網：http://www.eastbooks.com.tw
官方部落格：http://eastbooks.pixnet.net/blog
Facebook：http://www.facebook.com/h7560949
信箱：h7560949@ms15.hinet.net
郵撥帳號：12043291
服務專線：(02)27560949
傳真專線：(02)27653799
執行主編：劉宇青
美術編輯：許惠芳

法律顧問：永然法律事務所 李永然律師
北辰著作權事務所 蕭雄淋律師

版權授權：蔡雷平
初版日期：2015年3月
初版二刷：2015年3月20日
ISBN ：978-986-352-117-4

總 經 銷：成信文化事業股份有限公司
地　　址：新北市新店區中正路四維巷二弄2號4樓
電　　話：(02)2219-2080

行政院新聞局局版台業字第3595號 營利事業統一編號22759935

定價：280元　特價：199元

國家圖書館出版品預行編目資料

獵財筆記 ／ 月關著. -- 初版-- 臺北市：風雲時代，
2014.12 -- 冊；公分

ISBN 978-986-352-117-4（第6冊；平裝）

857.7　　103021581